静是人生必备的定力

王蒙——著

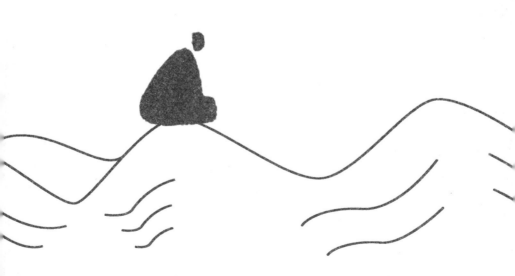

河北出版传媒集团
河北人民出版社
石家庄

图书在版编目（CIP）数据

静是人生必备的定力 / 王蒙著. —— 石家庄 : 河北
人民出版社, 2022.1
　ISBN 978-7-202-15375-8

　Ⅰ. ①静… Ⅱ. ①王… Ⅲ. ①散文集 – 中国 – 当代
Ⅳ. ①I267

中国版本图书馆CIP数据核字(2021)第046247号

书　　名	静是人生必备的定力
	Jing Shi Rensheng Bibei De Dingli
著　　者	王　蒙
责任编辑	李　耘
美术编辑	李　欣
封面设计	张合涛
责任校对	余尚敏
出版发行	河北出版传媒集团　河北人民出版社
	（石家庄市友谊北大街 330 号）
印　　刷	北京盛通印刷股份有限公司
开　　本	880 毫米 × 1230 毫米　1/32
印　　张	7
字　　数	121 000
版　　次	2022 年 1 月第 1 版　　2022 年 1 月第 1 次印刷
书　　号	ISBN 978-7-202-15375-8
定　　价	46.00 元

目
录

静 是 人 生
必 备 的
定 力

第三章　凝思

第四章　新疆的歌

第五章　旧事与新篇

第六章　读书一法

第一章

无为

静是人生
必备的
定力

自己善良才能感知世界的美好，阴谋家的
四周永远是暗箭陷阱。自己坦荡才能逍遥地生
活在天地之间，蝇营狗苟者永远一惊一乍，提
心吊胆。

超脱是一种更大的境界

我赞美投入，我赞美献身，我赞美燃烧与义无反顾，我也赞美超脱。超脱不是自私，不是消极躲避，不是莫管他人瓦上霜，而是一种更大的境界。

历史的眼光，不是只看到一时一地，而是看到历史的长河，看到前因与后果，弄清一个现象一个命题一个争论在历史上的地位和真正含意，避免鼠目寸光。

人类的眼光，不是只看到一个人一组人一群人的利益，而是看到一切人的利益。

宇宙的即哲学的眼光，看到事物发展的必然性、规律性、可能性、偶然性与变异性，看到选择的必要与可能，看到事物的变迁与稳定，看到冥冥中的大道的运行。

超脱就是从一时一地一人一圈一阵热闹中跳出来，尤其是从个人的利害中跳出来，保持冷静，保持全面，保持思考和选择，保持分寸感。从近现代史来看，如果我们的同胞都能做到这样，我们会少走多少弯路？！

超脱，即使在最热烈的投入中，也同时保留着、保护着清醒和自制，力争自身具有全面与更大的把握。现在很时兴歌颂片面，美其名曰片面的深刻性。难道只有片面，只有强不知以为知，只有一叶障目、瞎子摸象才是深刻的吗？对于什么事都是抓住一点皮毛，抓住片言只语，对于意见不同的人则是抓住一点辫子，就大呼小叫煽情哄闹一番，爆炸一番，这能是片面的深刻而不是片面的浅薄吗？深刻与全面更靠近，还是与片面更接近呢？深刻是要靠理性还是靠蛮横呢？

我们不要动不动以片面的深刻自居，记住，那多半是片面的浅薄。我们还是追求全面的深刻与深刻的全面吧，我们还是相信全面有助于深刻，而深刻也会大大有助于全面吧。

静是人生
必备的
定力

无为

一位编辑小姐要我写下一句对我有启迪的话。我想到了两个字，只有两个字：无为。

我不是从纯消极的意思上理解这两个字的。无为，不是什么事情也不做，而是不做那些愚蠢的、无效的、无益的、无意义的乃至无趣、无味、无聊，而且有害、有伤、有损、有愧的事。人一生要做许多事，人一天也要做许多事，做一点有价值有意义的事并不难，难的是不做那些不该做的事。比如说自己做出点成绩并不难，难的是绝不嫉妒旁人的成绩。还比如说不搞（无谓的）争执，还有庸人自扰的得得失失，还有自说自话的自吹自擂，还有咋咋呼呼的装腔作势，还有只能说服自己的自我论证，还有小圈子里的叽叽喳喳，还有连篇累牍的空话虚话，还有不信任人的包办代替其实是包而不办、代而不替，还有许多许多的根本实现不了的一厢情愿及为这种一厢情愿而付出的巨大的精力和活动。无为，就是不干这样的事。无为就是力戒虚妄，力戒焦虑，力戒急躁，力戒脱离客观规律、客观实际，也力戒形式主义。无为就是把有限的精力时间节省下来，这样才可能做一点事，也就是有为。有所不为才能有所为，无为方可与之语献身。

无为是效率原则、事务原则、节约原则，无为是有为的第一前提条件。无为又是养生原则、快乐原则，只有无为才能不自寻烦恼。无为更是道德原则，道德的要义在于有所不为而不是无所不为。这样，才能使自己脱离低级趣味，脱离鸡毛蒜皮，尤其是脱离蝇营狗苟。

无为是一种境界。无为是一种自卫自尊。无为是一种信心，对自己，对别人，对事业，对历史。无为是一种哲人的喜悦。无为是一种对主动的保持。无为是一种豁达的耐性。无为是一种聪明。无为是一种清明而沉稳的幽默。无为也是一种风格呢。

逍遥

我不知道为什么从小就这样喜欢"逍遥"二字。是因为字形？两个"走之"给人以上下纵横的运动感，开阔感。是因为字音？一个阴平，一个阳平，圆唇与非圆唇元音的复合韵母，令我们联想起诸如遥遥、迢迢、昭昭、萧萧、森森、骄骄、袅袅、悄悄……都有一种美。

不知道对庄周，对"文化革命"中不参加"斗争"的一派，"逍遥"意味着什么，也不知道从《说文》到《辞海》对"逍遥"有些什么解释。反正对我个人，它基本上是一种审美的生活态度，把生活、事业、工作、交友、旅行，直到种种沉浮，视为一种丰富、充实、全方位的体验；把大自然、神州大地、各色人等、各色物种、各色事件视为审美的对象，视为人生的大舞台，从而获取一种开阔感、自由感、超越感。

自己丰富才能感知世界的丰富，狭隘与偏执者的世界只是一个永远钻不出去的洞穴。

自己好学才能感知世界的新奇，懒汉的世界只是单调的重复。

自己善良才能感知世界的美好，阴谋家的四周永远是暗箭陷阱。

自己坦荡才能逍遥地生活在天地之间，蝇营狗苟者永远一惊一乍，提心吊胆。

因为逍遥，所以永远不让自己陷入无聊的人事纠纷中，你你我我、恩恩怨怨、抠抠唆唆、嘀嘀咕咕，这样的人至多能取得蚊虫一样的成就——嗡嗡两声，叮别人几个包而已。

当然不仅逍遥。也有关心，倾心，火热之心。可惜，只配逍遥处之的事情还是太多太多了。不把精力浪费在完全不值得浪费的方面，这是我积数十年经验得来的最宝贵的信条。

静是人生
必备的
定力

不设防

我有三枚闲章："无为而治""逍遥""不设防"。"无为"与"逍遥"都写过了，现在说一说"不设防"。

不设防的核心一是光明坦荡，二是不怕暴露自己的弱点。

为什么不设防？因为没有设防的必要。无害人之心，无苟且之意，无不轨之念，无非礼之思，防什么？谁能奈这样的不设防者何？

我的毛笔字写得很差，但仍有人要我题字。我最喜欢题的自撰箴言乃是"大道无术"四字。鬼机灵毕竟是小机灵，小手段只能收效于一时，小团体只能鼓噪一阵，只有大道，客观规律之道，历史发展之道，为文为人之道，才能真正解决问题。设防，只是小术，雕虫小技。靠小术占小利，最终贻笑大方。设防就要装腔作势，言行不一，当场出丑，露出尾巴，徒留笑柄。设防就要戴上假面，拒真正的友人于千里之外，终于不伦不类，孤家寡人。

不怕暴露自己的缺点，乃至敢于自嘲，意味着清醒更意味着自信，意味着活泼更意味着真诚。缺点就缺点，弱点就弱点，不想唬人，不想骗人，亲切待人，因诚得诚。不为自己的形象而操心，不为别人的风言风语而气怒，不动不动就拉出自己来，往自己脸上贴金。自吹自擂，自哀自叹，自急自闹，都是一无所长、毫无自信的结果，实在让人笑话。

从另一方面来说，不设防是最好的保护。亲切和坦荡，千千万万读者和友人的了解与支持，上下左右内外的了解与支持，这不是比马其诺防线更加攻不破的防线吗？

之所以不设防，还有一个也许是最重要的最根本的原因：我们没有时间。比起为个人设防来说，我们有更多得多、更有意义得多的事情等待我们去做。把事情做好，这也是更好地防御和进攻——对于那些专门干扰别人做事的人。

因为不设防，是不是也有吃亏的时候、也有让不怀好意的小人得逞——乱抓辫子、乱扣帽子的时候呢?

当然有。然而,从长远来说,得大于失,虽失犹得。不设防仍然是我的始终不悔的信条。

静是人生必备的定力

今天，我们把"动"看得非常重要。尤其是改革开放以来，很喜欢讲动感，以此说明社会正在剧烈地运动着、变化着、进步着。香港是一个动感的城市、一个动感的特区，在那儿走的人都很急、都很忙，你看香港人，街上行人走路速度比我们快三分之一。韩国也喜欢表现他们的动感，韩国官方就有一个宣传项目，项目就叫"动感韩国"，强调动感。

但是万物都是有动的一面，也有静的一面，老庄强调的是静。庄子多次在《庄子》一书中，说静才能够正确地分辨是非、认识现实。他说你拿水来说，水动着能照出一个正确的形象来吗？不知道是不是当时由于没有现代的水银等做的镜子，所以人常常是要靠照着水面来看看自己的形象。水在那儿波动着，你是没有一个正确的形象可言的，只有水完全平静下来，静才能够平。一个人也是一样，人的心平静下来，他才有一颗公正的心。

应该说，静、动是一对双生子。一个人光静不动，这也受不了；光动不静，也受不了。现在这一类争论很多，养生的人都讲，生命在于运动，还举出许多例子来，全部是正确的。还有人提出来生命在于静止，能歇、能静止、能保持平稳，才能够有生命。而有些老人甚至于说生命在于静止，他们的例子就是乌龟。为什么乌龟它能够长寿，是因为它能静止。其实这些都是片面地谈的。

事实上，我们的最佳、最玄妙的理念是，以静制动、以气胜力、以退为进、以无胜有、以不变应万变、以少胜多、借力打力、韬光养晦、知其白守其黑、知雄守雌、难得糊涂。两千多年前，范雎就是靠装死，越王勾践则是靠装熊、装贱，取得了最后的胜利，这类常处逆境中的哲人、能人、阴狠之人或大志盖天之人，锻造出来独特的哲学，自然就可能把槁木死灰当成学道、道行、道性的最高境界。

在宋朝，苏洵提出"为将之道，当先治心。泰山崩于前而色不变，麋鹿兴于左而目不瞬，然后可以制利害，可以待敌"。他说你要想当军事的将领，你首先要治心，要有很好的心理素质。

泰山在眼前崩了，你心不跳，连脸色都不变一下，一只小鹿在你这边出来了，跑了，你连斜看一眼都没有，这个对定力也是极好的形容，说明一个人的沉稳。这点是太难做到了，我就深深地体会到，一个人要想学到这种槁木死灰的本事太难，这功夫深了。

在庄子所处的环境里，群雄并起、天下大乱，春秋五霸、战国七雄，今天会盟、明天交战，忽友忽敌、忽上忽下，在这种混乱的环境中，你要没有一种相对平静的心态，什么事也干不成。而当下生活更是如此，信息化技术的发达使人与人之间的交往更频繁、迅捷。一天当中，你会遇到好事，会遇到坏事，会遇到愉快，会遇到不快。如果你对外界的反应那么强烈、那么敏锐，碰都碰不得，经不住坏事，那么你能成就什么事呢？

回归本源，正应了林语堂的分析，他说自古中国人喜欢的许多品质都类似老人的品质，不那么着急、不那么刺激，这种心态有的时候又被解释为一种定力。

庄子在外篇《刻意》里面又讲："夫恬淡寂寞，虚无无为，此天地之平，而道德之质也。"一个人得做到恬淡，恬淡的另一面就是贪欲，就是刻意追求急于求成。恬淡，恬就是说什么事你都让自个儿轻轻松松的，舒舒服服的；淡就是不刺激，不强烈，不激动，不执着，就是远离激动、血气方刚、撒癔症、歇斯底里。

如果做不到恬淡寂寞，虚无无为，更加做不到槁木死灰一般地对待天下的纷争鼓噪，那会怎么样呢？于是有了各种的哭天抹泪，有了各种的仇恨愤怒，有了冤冤相报与以暴易暴，有了战争、暴政、造反、人间的永远的敌对与厮杀，至少是有了屈原也有了陀思妥耶夫斯基，有了《窦娥冤》也有了《悲惨世界》，有了"牛虻"也有了"切·格瓦拉"，也有了同样属于拉美的独裁者——智利的皮诺切特。于是大多数人的一生都是冤屈的，是被老天爷、社会历史与他人、他族、他国欠了账的，是既痛不欲生又死不瞑目的，人生是太痛苦了啊。

也许当时的庄子也承认人需要一枝之栖，一腹之饮，他也不是无条件的。我们至少可以想象，人应该有两方面，一个是追求，一个是不追求；一个是欲望，一个是恬淡；一个是动感，一个是平静；一个是努力奋斗，一个是适当休息，适可而止。人身上有驱动设施，也得有制动设施。有紧张的时刻，也有全然放松的时刻；有坚持性，也有灵活性。这样说，应该是大多数人能够理解的。

顺境，也许会成为陷阱

人不仅会遇到逆境，也会偶尔或者短期地碰到一通百通、一顺百顺，甚至是芝麻开花节节高的时候。顺境中同样孕育着更多的危险。要者为：会有一些格调不高的人包围你、侍候你、歌颂你，向你表忠心，向你汇报情况。你很难一概拒之于千里之外，你常常不能免俗地认定这样的人对你也有好处，至少是有用处。你以为你能够驾驭他们，但是你忘记了被这些人包围的另一面是正直正派的人离你远去，好人对你失望。慢慢你对好人也失望起来，好人对你冷淡，你也对好人冷淡。慢慢你就变质了——变成被趋炎附势的小人培养出来的自以为是的"大哥大"了。

这里关键在于清醒，当一个人到处吹捧你的时候，他也可能是借此在吹捧他自己。你处在顺境中，你会成为一些人的旗帜、棍棒、招牌、护身符。你的一些诤友可能躲开你。你会从而变得日益庸俗、势利。你会有意无意之中搞成一个自己的小山头、小团体，自以为得计，其实是下滑。

第二个危险是顺境会带来某种方便直至某种特权，于是你享受其中，你玩物丧志，你贪婪无度，你违法乱纪，你自取灭亡。

第三个危险是顺境本身就有一种诱惑和陶醉，于是你依恋顺境，你盼望顺境永远伴随着你，于是你拒绝苦干，拒绝点滴积累，拒绝学习进步，拒绝再像普通的工作人员那样生活和工作，拒绝任何委屈和一时的艰苦。你变得娇气和神经质，你变得气迷心窍和不辨是非。

第四个危险是顺境专长人的脾气。你会易怒易悲，动辄伤害旁人，你会反而难以自处。

第五第六第七……说也说不完。这里还要强调一个危险，一个本来有自己的专长专业素养即有真本事真实力的人，长期处于顺境，将变得乐于到处曝光、讲空话、写序言、题词、剪彩、留影、宴会、荣华富贵、养尊处优，最后变成华威先生，变得一无所长，成了混混，成了寄生者、万金油和饭桶。

记得周谷城先生对我讲过，新中国成立初期，一次毛主席与他谈话，谈起了革命的曲折过程，毛主席说他深深体会到"失败是成功之母"。周老便说："但是成功也是失败之母。"毛主席问什么意思。周老便说："成功者易于骄傲、腐败、争权夺利呀！"毛主席沉吟了一下，周老怕毛主席不高兴，连忙说："主席例外！"而毛主席说："你讲得对。"

太想赢的时候反而会输

有一次我问起十分高龄而且健康的周谷城先生："您的养生之道是什么？"他回答说："说了别人不信，我的养生之道就是'不养生'三个字，我从来不考虑养生不养生的，饮食睡眠活动一切顺其自然。"他讲得太好了，对比那些吃补药吃出毛病来的，练气功练得走火入魔的，长跑最后猝死的，还有秦始皇、汉武帝等追求长生不老之药的，贾家宁国府里炼丹服丹最后把自己药死的……他的话就更深刻。当然我无意否定良好的生活饮食锻炼安排的重要性。

1996年我在德国从电视里看当时在英国举行的欧洲杯足球锦标赛半决赛，德国队对英国队。英国队状态极佳，又是在家门口比赛，志在必得，德国队当时也处于高峰时期。两队踢了个平局，加时赛又是平局，点球大战决胜负。英国队极兴奋，踢进一个点球，球员就表露出兴奋若狂不可一世的架势，而德国队显得很冷静，踢进一个点球，竟基本上无反应。后来，英国队输了。我评论说："英国队太想赢了，所以反而输了。"一位德国汉学家朋友说："这是典型的中国式的评论，欧洲人是没办法懂你的逻辑的。"

然而我们周围到处是这样的事例，那些孜孜以求官的人，能做多大的官？那些孜孜以求名的人，能出多大的名？那些自命精英的人，能有多少货色？那些唯恐别人反对自己的人，能没有人反对吗？那些事事唯恐吃亏的人，又能占多少便宜？那些装腔作势的家伙，因其装与作不是更像一个小丑而不是大师吗？吹吹打打地炒作广告，不是更泄露出货色的没有底气吗？还有的人整天表白论证自己一贯是正确的，甚至利用手中的权力叫自己的下属表态确认与拥戴自己的正确性，他们的样子像是正确性与真理性的垄断者吗？甚至还有人专门弄一批人搜集对自己的不满言论，然后大呼小叫地闹腾，这种可笑的做法除了自己传播对自己极不利的各种说法以外，能有什么正面的效果吗？其实绝大多数人对一个人不会有特殊的兴趣，不会有多少成见，也不会有多少专案组式的调查狂。你是交通警察，人家开车自然要听你的指挥，谁管你道德品质觉悟如何？你是开车的，我是交通警察，则我要求你遵守交通规则，同样这与对你的印象无关。没完没了地捶胸顿足地折腾自己、表白自己、吹嘘自己，除了丢人现眼，你能做成什么呢？"机关算尽太聪明，反误了卿卿性命"，中国人这方面的经验多着呢。求事业，求道德，求本领，求学习，则人际关系良好；求山头，求蝇营狗苟，求私利，则人际关系完蛋。世间诸事多为双向，没有单方面的取得，也少有单方面的付出。希望从与旁人的相处中得到一切好处的人，更应该想想自己可以为旁人做些什么。

大道无术

我喜欢说大道无术，是说合乎大道、接近于掌握大道的人士不必整天动心眼儿。所谓大道无术，就是行云流水，出乎心，发乎情，言则诚，行则真，笑则笑，哭则哭，坦坦荡荡，实实在在，举重若轻，临危若盈，一笑置之，一言蔽之，无言胜过有言，此时无声胜有声。

大道无术，这种说法非常中国化，也有一种士先器识而后文艺、从心所欲不逾矩的味道。我们当然也记得巴金喜欢说的"最高的技巧是无技巧"。

这里要说明的是，我讲的大道无术的"术"主要是讲心术。有些身外之学的技术，如各种职业技术、军事技术、艺术技巧等，当然是不能没有的。中国文化的一大缺陷不是对上述技术的过于重视，而是过于忽略。中国人没有统一的宗教信仰，但是有

静是人生
必备的
定力

概念崇拜。人们相信有那么一种大道，掌握了就万能了，就百战不殆了。我们谈论大道无术的时候，对这种玄秘之学还是要警惕的。

我还喜欢说大智无谋。计谋云云，都是小智、小聪明、小花活。计谋的精到给人一种眼珠乱转、随机应变、小里小气的感觉。一个人活在世上，最重要的一点是自己的信用，计谋多的人可以轻易地让旁人上当，可以为自己摆脱困境，可以到处占点便宜，然而致命的麻烦是，计谋太多的人没有人相信。再有就是，临时的挖空心思搜肠刮肚营造出来的计谋，与千变万化的生活、千奇百怪的难题和千姿百态的世界相比较，永远是捉襟见肘、顾此失彼的。计谋不但常常是不够用的，而且常常是可疑的。比如有些人特别注意说话时投其所好，不断地奉承人，然而被奉承者也不一定是傻子，他难道听不出你在戴高帽子、灌迷汤吗？

人们有时会误以为技巧决定一切。比如我们有时候议论某人口才特别好之类的。是的，口才也有高低之别，口齿有清楚与不清楚之别，用词有恰当与不恰当之别，声带振动与颅腔、胸腔、腹腔共鸣也有悦耳与刺耳之别。但同时，同样口才好的人，有人给旁人的印象是油腔滑调，而有人给旁人的印象却是"听君一席话，胜读十年书"。这就是说，仅仅有口才和技巧是不够的，更要有一种品质，进入一种化境，化成一种本能、一种心境、一种风范。谈话则诚而不伪，分析问题则切中要害，做事则恰到好处……自行其道，自得其乐，行于所当行，止于所当止，舒卷自如，用藏随意，不骄不躁，富而有德，贫而乐道，这些当然与计谋无关，乃大智无谋也。

大智与否的区别还在于大智是远见的，比如下棋，大智看到的是整盘棋甚至是下完棋之后，是大的取舍。而小谋看到的是下一步，一子，一位置，一攻防。大智为什么还若愚呢？无谋，能不愚吗？

一百条计谋的大观，不如一副高屋建瓴的境界与博大宽广的胸襟，特别是不如一种大智的远见与深思。有些专业知识分子担任了一些工作以后，就再也搞不成自己的专业了，无他，从此他或她陷于无穷无尽而又无效无益的计谋盘算演练之中，计谋异化了人，使人变成了计谋的奴隶，变成了电脑游戏盘上的一个因子，使人丧失了善良、快乐、仁慈、灵气、诚恳与最起码的趣味，最后直到造成死机，造成光盘和整台电脑的报废为止。

坦然接受相忘，而非希望回到过去

相濡以沫表达的是一种道德情操，一种利他主义的情操。也就是说，不管多么困难，我还要考虑到你的困难，我要想办法减轻你的痛苦，我要想办法使你在干枯的过程中得到一点儿润泽。这种在艰难时刻的互助精神，互相照顾的精神，确实有非常多的好例子。

有些朋友也因此认为，在那种最艰难的时刻，在那个相濡以沫的时刻，人的精神面貌是最好的、最崇高的、最高尚的、最利他的，不是专门利己的。比如，有人认为战争时期、饥饿时期，中国人民的社会风气比小康时期好得多。这个说法并不完全务实，也不完全公正，有很多值得商榷之处。

比较起相濡来，庄子自始至终更加强调的是一个"忘"字。庄子偏爱这个字，他认为忘是一种境界，庄子喜欢什么一个状况呢？叫"坐忘"，就是坐到这儿我就忘了，我忘了我是谁，也忘了我需要干什么，没有什么需要我惦记的事。在这里，忘的意思就是不需要惦记，没有什么需要牵挂的事。

我们平常说忘性大，不是好事、不是好话，但很多时候忘也是好话。比如孔子发愤忘食、乐以忘忧，他从来不为自己打算，不为自己忧愁，能把一切的忧愁彻底忘却，这是多么幸福的人。又比如说"舍生忘死"，这样的人是多么勇敢。所以"忘"还有"相忘"，在庄子这儿是一种理想，是逍遥的前提。

老子强调"无"，有生于无，无为而无不为，无之以为其利，怎么样才能无呢？必须有忘的功夫。庄子讲的虚室生白，也离不开忘字上的功夫。一个人什么都在意，什么都耿耿于怀，这就好比一台电脑，富有输入、存贮、复原与放大的功能，却没有删节与压缩的功能，没有格式化的功能，它早晚要把自己弄到死机状态。

当然庄子也有片面的地方，他光强调这忘了，但这人生有许多事情又是以不忘为美好，因不忘而动人。譬如说韩信好几天没吃上饭，面有菜色，腰都直不起来了。那洗衣妇带着点米饭，都给他吃了。韩信说："涓滴之恩当以涌泉相报。"感恩图报，不能

静是人生
必备的
定力

忘。所以在中国尤其儒家，很多道理讲的就是不能忘，比如子女不能忘记父母对自己的照料，不能忘记天恩、地恩乃至君恩，封建社会的君子是以不忘为基础的。

但是老庄尤其是庄子这儿，他提出一个观点：可以忘。忘更舒服，忘更美好，忘更阔大，忘得越多，人的内心就越光明。与记比较起来，忘的境界更高。自己有过什么成就，什么委曲，什么牺牲奉献，受到过什么小人的暗算，被人如何如何抹过黑，发生过了，做过了也就忘了。所有的好事，都不过是"我所应该做的"，所有的委屈都不过是不足为奇与难免如此的，你就不会背任何包袱，晚年时候想想自己的一生，天高地阔，海阔天空，眼前一片澄明，一片虚之白。所以这忘也有它的意思，有些时候还是需要的。

"相忘于江湖"还有一个含义，就是庄子在诸子百家当中，相对来说比较重视个体，这和西方的资本主义社会所说的"个人主义"概念并不完全相同。因为个人主义里面有一些价值的观念，还有一些社会生活的尤其是法律上的观念。但是庄子在他全部的书里有一个很中心的思想，就是自救。就是保留我精神上的这点儿独立性。我不招谁，但是在精神上我有我自己的独立性，在精神上我至少不要使自己陷入各种各样的争斗、纠纷、阴谋、诡计、案件、事件，我绝对不蹚浑水也不受辖制，我不陷入权力斗争、利益争斗、地位争斗、名声争斗、社会资源争斗里面。庄子注重个体，提倡和强调的是这一点，注重个体，注重个性，注重灵魂的独立与自主。他尤其看不起那些小官小吏，他认为一个读书人，就像后世陶渊明所说的，为五斗米折腰，太不值得了！所以我至少保持着我精神上的一种独立，保持着我精神上的一种优越性，所以可以说庄子所提的个体是一种中国古代的封建社会的个体主义。保持住个性，保持住自由自在，那才是比什么都强的。

因而，我们不可以存在一种观念，就是希望我们回到那个最艰难的时代，回到战争时期，回到天灾人祸之中，以为那个时候我们的道德水平是高的。这是一种误解。很简单，恰恰是那个时候，我们缺少这种个体的生命与灵魂的自觉、自信。

静是人生
必备的
定力

第二章

只言片语

静是人生
必备的
定力

　　我愈来愈感觉到老年是人生最美好的时候，
成熟、沧桑、见识、自由（至少表现在时间支
配上）、超脱。

我的"黄昏哲学"

一位朋友对我说，人老了之后，最重要的有三点：一是要有自己的专业；二是要有朋友；三是要有自己的爱好。我认为她讲得很对。

我愈来愈感觉到老年是人生最美好的时候，成熟、沧桑、见识、自由（至少表现在时间支配上）、超脱。可以更客观地审视一切，特别是自己，已经有权利谈论人生、谈论青年人中年人和自己这一代人了。可以插上回忆与遐想的翅膀让思想自由地飞翔了。可以力所能及地做不少事，也可以少做一点，多一点思考，多一点回味，多一点分析，多一点真理的寻觅了。也多了一点享受、休息、静观、养生、回溯、读书、个人爱好，无论是音乐书画，是棋牌扑克，是饮酒赋诗，是登山游海……

老了以后，毕竟相对少了一点争拗，少了一点竞争，少了一点紧张和压力。

人生最缺少的是什么？是时间，是经验，是学问，更是一种比较纯净的心情。老了以后，这方面的"本钱"便多起来了。

人生最多余的是什么？是恶性竞争，是私利计较，是鼠目寸光，是浪费宝贵光阴，是强人所难，是蛮不讲理。老了，惹不起也躲得起了。

老年是享受的季节，享受生活也享受思想，享受经验也享受观察，享受温暖爱恋也享受清冷直至适度的孤独，享受回忆也享受希望，享受友谊趣味也享受自在自由，更重要的是享受哲学。人老了，应该成为一个哲学家，不习惯哲学的思辨，也还可以具备一个哲学的情怀，哲学的意趣，哲学光辉笼罩下的微笑、皱眉、眼泪，至少有可能获得一种哲学的沉静。

老年又是和解的年纪，不是与邪恶的和解，而是与命运，与生命、死亡的大限，与历史的规律，与天道、宇宙、自然、人类文明的和解。达不到和解也还有所知会，达不到知会也还有所感悟，达不到感悟也还有所释然，无端的非经过选择的然而又是由衷的释然。

和解并不排除批评、抗议、责难，直到愤怒与悲哀。但老年人的种种不平毕竟与例如"愤青"们的不同，它不再仅仅是情绪化的咒骂，它知其然，知其所以然，知其必然即无法不然，知其如若不然也仍然会有另一种遗憾，另一种不平，另一种缺陷。它不幻想一步进入天堂，也就不动辄以为自己确已坠入地狱。它的遗憾与愤懑应该是清醒的而不是盲目的，是公平的有据的从而是有限制有条件的，而不是狂怒抽搐一笔抹杀。它可能仍然无法理解生老病死、天灾人祸、历史局限、强梁不义、命运打击、冤屈痛惜、阴差阳错……然而它毕竟多了一些自省、一些悔悟、一些自责。懂得了除了怨天尤人也还可以嗟叹自身，懂得了除了历史的无情急流以外毕竟还有自身的选择，懂得了自己有可能不幸成为靶子成为铁砧，也未必没有可能成为刀剑成为铁锤，懂得了有人负我处也有我负人处，懂得了自己有伟大也有渺小，有善良也有恶劣，有正确也有失误，有辉煌也有狗屎，懂得了美丽的幻想由于其不切实际是必然碰壁的，懂得了青春的激情虽然宝贵却不足为恃……懂得了每一代人有每一代人、每一个人有每一个人的舞台，有自己的机遇，有自己的限制，有自己的悲哀，有自己的激烈。你火过我也火过，你尴尬过我也未必没有尴尬过。所有这些都会使一个老人变得更可爱、更清纯、更智慧、更光明、更哲学一些。

当然也有老年人做不到，老而弥偏，老而弥痴，老而仇恨一切，不能接受一切与时俱进的发展的人也是有的，愿各方面对他们更关怀更宽容一点，愿他们终能回到常识、常规、常情上来。而如果他们有特殊的境遇有特殊的选择，只要不强迫他人臣服听他的，也祝愿他们最终自得其晚年的平安。

　　我们常常讲不服老，该不服的就不服，例如人老了一样能够或更有条件学习，不能因一个自命的"老"字就满足于不学无术。该服的就一定服，我年轻时扛过二百多斤的麻袋，现在扛不动了，我没有什么不安，这是上苍给了我这样的豁免，我可以不扛二百斤以上的麻袋了，我感谢上苍，我无须硬较劲。我年轻时能够一顿酒喝半斤，现在根本不想喝了，那就不喝，这也是上苍给我的恩惠，我也可以乐于过更不夸张也更健康的生活。

静是人生
必备的
定力

忘却的魅力

散文就是渴望自由。自由的表达，自由的形式，自由的来来去去。

记忆是美丽的。我相信我有出色的记忆力。我记得3岁的时候夜宿乡村客店听到的马匹嚼草的声音。我记得我的小学老师的面容，她后来到台湾去了，四十六年以后，我们又在北京重逢。我特别喜欢记诗，寂寞时便默诵少年时候便已背下来的李白、李商隐、白居易、元稹、孟浩然、苏东坡、辛弃疾、温庭筠……还有刘大白的新诗：

归巢的鸟儿，
尽管是倦了，
还驮着斜阳回去。

双翅一翻，

把斜阳掉在江上；

头白的芦苇，

也妆成一瞬的红颜了。

记忆就是人。记忆就是自己。爱情就是一连串共同的、只有
两个人能共同分享的刻骨铭心的记忆。只有死亡，才是一系列记
忆的消失。记忆是活着的同义语。活着而忘却等于没活，忘却了
的朋友等于没有这个朋友，忘却了的敌意等于没有这个敌意，忘
却了的财产等于失去了这个财产，忘却了自己也就等于没有
自己。

我已不再年轻，我仍然得意于自己的记忆力。我仍然敢与你
打赌，拿一首旧体诗来，读上两遍我就可以背诵。我仍然不拒绝
学习与背诵新的外文单词。

然而我同样也惊异于自己的忘却。我的"忘性"正在与"记
性"平分秋色。

1978年春，在新疆工作的我出差去伊宁市，中间还去了一
趟以天然牧场而闻名中外的巩乃斯河畔的新源县。1982年，当

我再去新疆伊犁的时候，我断然回答朋友的询问说："不，我没有去过新源。"

"你去过。"朋友说。

"我没去过。"我摇头。

"你是1978年去的。"朋友坚持。

"不，我的记忆力很好……"我斩钉截铁。

"请不要过分相信自己的记忆，那一年你刚到伊犁，住在农四师的招待所即第三招待所，从新源回来，你住在第二招待所——就是早先的苏联领事馆。"朋友提醒说。我一下子蒙了。果真有这么一回事？当然。先住在第三招待所，后住在第二招待所，绝对没错！连带想起的还有凌晨赶乘长途公共汽车，微明的天色与众多的旅客、众多的行李。那种熙熙攘攘的情状是不可能忘记的。但那是到哪里去呢？还是到哪里去了又回来了呢？似乎看到了几间简陋的铺面式的房子。那又是什么房子呢？那是新源？我去了新源？我去做什么去了呢？为什么竟一点儿也不记得？

一片空白，全忘却了。

不可思议。然而，这是真的。新源就是这样一个我去过又忘了等于没有去过的地方。这比没有去过，或者去了牢牢记住然而没有机会再去的地方还要神秘。

我忘却的东西越来越多了。一篇稿子写完，寄到编辑部，还没有发表出来，已经连题目都忘了（年轻时候我甚至能背诵自己刚刚完成的长篇小说）。当别人叙述一年前或者半年前在某个场合与我打交道的经过的时候，我会眨一眨眼睛，拉长声音说："噢……"而当我看到一张有我的影像的照片的时候，常常感到的只是茫然。

感谢忘却：人们来了，又走了。记住了，又忘却了，有的压根儿就没有记。谁，什么事能够永远被记住呢？世界和内心已经都够拥挤的了，而我们，已经记得够多的啦。幸亏有忘却，还带来一点好奇，一点天真，一点莫名的释然和宽慰。待到那一天，我们把一切都忘却，一切也都把我们忘却的时候，那就是天国啦。

不算寓言

一

人们埋怨说，鸡蛋虽然美味又富有营养，但蛋壳太脆，不易运输储藏；钢铁虽然结实，但谁的头顶要是与之相碰，不伤残也疼得不行；做官虽然威风，但太辛苦，又挨骂，弄不好还会被撤换，被推倒。

上帝听取了人类的意见，使母鸡生出具备铁甲的鸡蛋；使钢铁变得海绵一样柔软；使做官的人不用费脑筋，只听得见赞美，而且每做好一件事升一级，每做坏一件事升一级半。

结果怨言更多了。上帝火了："你们有满意的时候没有？"

二

一人买了一件好衣服。他是倾其所有买了一件超豪华的、领导世界新潮的大礼服。衣服太好了，所以他无法穿它。

有了这件衣服，他才感觉到自己眼里的世界有多么污秽，空气有多么龌龊，生活有多么肮脏。油烟、灰尘、纤维、污垢、汗尿、粪便，各种各样的物理、化学、生物有害物质，不论去上班、去吃饭、去挤汽车、去干活都会把他的好衣服——他的积蓄已久的光荣豪迈玷污。而弄脏他的衣服，比打他杀他还让他难受。

他把衣服小心翼翼地叠了又叠，收藏在箱底。他想到自己毕竟有这样一件绝顶高级、绝顶清洁、绝顶崭新的礼服的时候，他觉得自己的一生都增添了光彩。

而礼服躺在箱子底下酝酿着被埋没、被积压、不见天日、终老于无用的莫大的痛苦。

"把我拿出来，穿穿我吧！"

主人东张西望，不知道这声音是从哪里来的。

"穿穿我吧，把我拿出来！"又是一声惨叫。

他害怕了。打开箱子，判明是礼服在呼叫以后怒斥道："你这不知好歹、不知自爱的家伙！你这不知感恩，只知调皮捣蛋的东西！难道我不了解你的价值，尊重你，爱惜你，保护你？伯乐对千里马也不曾像我这样尽心！我为你花尽了我三十年的积蓄！我保持着你的崭新、高级、平展、清洁、一尘不染，不让你受任何污垢的侵袭！你要什么？你要和破衣烂袜一样地为人使用，为人出力，受人折磨变脏、变旧变破吗？咳，你呀，你！"

"砰"的一声，箱子关上了，两年没有打开。

第三年春天打开箱子的时候，天！礼服被蠹虫咬了三个洞。

主人呼天抢地，痛不欲生。人间的公理正义何其少也！亏杀我也！

几天之后，他想通了。既然衣服已破，便不必再爱惜了，拿出来，穿吧。由于洞眼很小，不靠近细瞧是瞧不见的。他穿上，很实用，很漂亮，也很放心，不用怕在这里挤出褶子，在那里蹭上土。他穿着很满意，衣服终于发挥了作用，也很满意。

想不到蠹虫还真做了件好事呢！礼服和它的主人不约而同地想。

媳妇和老娘

是不是洪峰在小说里写过，一个女生逼问情郎：自己如果和男生的老娘一起掉到水里，男生先救谁？罗素的理发师悖论，在中国一表现就是这个模样，变成爱情悖论、孝亲悖论、落水悖论与救生悖论了，中西比较文化学研究起来该多么有趣。

说是古代也有过这种模式的提问，皇帝问臣子：我与你爹都掉到水里了，你们首先救谁？中华悖论不是与哲学数学符号逻辑结合，而是与一出好戏或者一个恶作剧结合。皇上的提问没有人敢回答，回答先救君王，像是丧尽天良的马屁精。回答先救老爹，显得不忠至少是忠得有限，影响仕途。后来一个臣子回答先救爹，得到"其为人也，纯朴诚笃"的好评。

我的一个孩子回答，离谁近先救谁。把道德情感价值等三观问题技术化而化解之，孩子们也算有点道行了。

网上还有一个妙答，说是男生可以回答："我不会游泳。谁也救不了。可俺妈是县运动会游泳第四名，我可以保证的是，咱们俩一起落水，俺妈一定先救俺。"

洪峰的小说，记得好像是男生声称自己不会游泳，然后女生愤而跳入水中，男生傻傻地、残酷地、眼睁睁看着她湮没了。

同名《湮没》的小说有北京女作家韩霭丽一篇，写的是一个被错划为右派的大学生在边远地区湮没，感人之处在于，他的原女友，在此后的每一个动情时刻，都会想起被湮没者，从而丧失了爱的激情与勇气，从而她对此男生恨得肝疼。

您是哪位

老王的一位名人朋友，非拉着老王去参加一次名家的聚会。在一家会馆里，看到那么多政界、商界、学界、演艺界的名流，老王既兴奋又失望。兴奋的是，过去在电视荧屏上常见的明星名流，居然近在眼前。失望的是，过去在电视上看到他们总觉得发晕，而现在走近了，又觉得没啥，明星名流个个也是一个嘴巴，两只耳朵，与他无大区别。

明星名流们互相几乎都相识，你对我笑，我与你拥抱，他对她耳语，她与他谈笑风生……

只有老王谁也不认识。他为自己寻找到了一个最佳角度，从容客观地观看众名流。他甚至想到了屈原的诗：众人皆醉我独醒。过了半个小时，观察着众明星名流的老王，突然发现大家也在观察他：他是谁？他私自来到了这里？他是大款？大腕？大家？大师？大官？大哥大？黑手党？雷子？探子？混子？

至少有两分钟，老王觉得自己反倒成了聚会的中心。

一位美女走了过来。可能在这样的聚会上，美女的勇敢超过了猛男。她向老王一笑，百媚乃生。她款款地问道："请问，您是哪位？"

老王被问得一怔，他说："我是一个朋友的朋友。"他的话令自己佩服。他继续说，我是我太太的先生，我是我儿子的父亲，我还是我母亲的儿子……

美女报以微笑，款款离去。

老王也报美女以儒雅的微笑。他想，我是伟大的，因为你永远不知道我是谁——即使你知道我的名字。但是我知道你是谁——你演过肥皂剧呀。

恭喜声中话轻松

新春伊始，祝君轻松。

人活得不可能太轻松。要上学，要做事，要竞争。生也有涯，知也事也思也欲也无涯，要与时间赛跑，要加油，叫作未敢稍息也。

这里说的不是这个，这样的奋斗是出成绩的，所以是有意思的。可怕的是人际关系的人为的紧张，明枪暗箭，钩心斗角，陷阱地雷，计谋韬略……成事不足，败事有余，两败俱伤，同归于尽，谁也别想出息。

最可怕的是人为的与虚妄的紧张，为虚妄的目标而紧张，为虚妄的对手而紧张，为虚妄的言语而紧张，吓人吓己，气急败坏，一惊一乍，被自己的影子追着猛跑。

静是人生
必备的
定力

上述的紧张都是无效劳动，结果都是零，如果不是比无效和零更坏的话。

为了把紧绷了多年的心情与关系缓解下来，我建议：

第一，各人做好各人的事。盯住你自己的事而不是盯住别人的疏漏。

第二，充分地把握今天，而不是把希望寄托在明天的辉煌胜利上。设若你有健康的身体，正当的职业，相爱的情侣或配偶……你已经十分幸福。你有权利争取更好的，但是你必须充分享受你已有的，并为此而感谢。

第三，当主客观不一致的时候，采取一种健康的自我批评态度。别人的不好大多数情况下都不是自己不好的合理的或足够的原因，只有不可救药的弱者才需要时时找出替罪羊和出气筒。

第四，没有不散的筵席。多好的事也有过去的时候，多坏的事也有过去的时候。拾得起来放得下去，记得住也丢得开，这才是"大丈夫"。"西瓜皮擦屁股——没结没完"，车轱辘话翻过来倒过去，对不起，您是鼻涕虫。

第五，与其忌妒别人的成功不如自己去做出成绩。与其因狭隘而"坐"出慢性病来，不如因实干而出点实绩。

第六，做一个普通人，多一点普通的乐趣。老大不小的脑袋，不能只有一个兴奋灶。"位卑未敢忘忧国"，这话对。大家一起"忧"，未必就能把"国"忧好了，不忧了，各人做好各人能做的事情，说不定"国"情反而会好得多。所以说，地球离了你照样转，这话也对。妄自膨胀与妄自菲薄同样的无益。在野心家与凡夫俗子之间，我宁愿选择后者。

第七，劳逸结合，该玩儿就玩儿。保持心情的一种健康从容状态是做出正确抉择的前提，是想象与创造的前提，是大手笔的特征，也是健康的人际关系的前提。

第八，有所不为。不该管的事不管，管不了的事不管。不应做的事不做，做也做不成的事不做。得不出结论的问题干脆束之高阁，弄不明白的事只好留待以后。万能者最痛苦，万应灵丹最出洋相，包治百病的大夫最容易自己先害病。

第九，对一切采取一定程度的审美观照态度。大千世界，无限风光，空间时间，中国外国，善恶美丑，成败利钝，甘苦险夷，贵贱通塞，尽收眼底，能记则记，该忘就忘。多乎哉，不多也；乐乎哉，其乐何如！

静是人生
必备的
定力

等等。

一个健康的社会是人们在诸多方面觉得轻松而在做出业务成绩方面觉得紧张而又有意思的社会。一个不健康的社会是在各方面都紧张，特别是在人际关系方面与政治方面觉得紧张而在业务成绩方面觉得松懈，甚至觉得可有可无的社会。一个不健康的社会往往是不讲轻松、无法轻松，不讲娱乐、无娱可乐，好像一个个"乌眼鸡似的"社会。我们的社会正在日益健康化。让我们以健康、从容、轻松的姿态开始新的一年吧！让我们在春节拜年的时候不但说"恭喜发财"，而且说"恭喜健康""恭喜快乐""恭喜轻松"吧！

只言片语

电视接收机没有调到最佳位置的时候会出现两种效果：一个是模糊错乱，一个是黑白分明。后一种画面效果相当吓人，出来个人头，眼珠子黑如锅炭，眼白闪闪发光，像鬼。调一下，淡了，层次多了，立体了，亲切了。但如果看惯了黑白特别分明的画面，一开始反而不习惯，甚至认为是自己的电视机出了过分淡化的问题。

人为什么喜欢新的面孔？看乒乓球赛，如果场场都是他赢，你就不由得盼着他输。如果你盼着他输他还是赢，你甚至会慢慢产生一种厌烦，最后变成讨厌也说不定。一个运动员究竟是得了冠军以后退好，还是从高低杠上摔下来再退好呢？话又说回来了，古往今来，又有几个人做到了急流勇退呢？

有时候一顿饭吃得太多而产生了不适感，有时候这种不适与

静是人生
必备的
定力

尚未吃饱的不适感混淆起来了，难以一下子分清，于是你又加吃了一点东西。

许多的讨论、争论，开始时是对于某个问题的不同看法的探讨，很快就变成了人际关系问题，会出现许多观察员分析家分析不同意见的利益背景。总之，都认为对方是出自私利从而认为对方是道德品质问题，从而杜撰出假想敌的卑劣与自己的惨烈来，于是自己悲壮得要死要活……然后出现了各种消息、各种消息灵通人士、各种志愿军及送上门来为你效死的冲锋队。所有的情报都证明对方在搞阴谋，在制造流言，在挑拨是非，在指桑骂槐，于是你必须予以还击——以其人之道，还治其人之身。于是变成了阴谋大比武、流言制造大赛，变成了与少数民族无涉的泼（污）水节，变成了狗咬狗狼咬狼……如此这般，可称之为狗屎化效应。一切庄严的郑重的讨论哪怕是斗争，一旦有这样那样的人卷进来，最后都狗屎化了。于是一切赞同都是因为情面或受了礼，一切不同意见都是报私仇，一切团结都是结党营私，一切分离都是钩心斗角，一切建议都是别有用心，一切激情都是哗众取宠，一切的一切都臭气烘烘。最后你掩鼻塞耳以避之犹恐不及。

狗屎化效应多了，就产生搅屎棍式人物。这种人物可以是滥竽充数的混混——只要能在一些场合与别人抬杠就行，怎么不得体怎么来，激动就好，吵闹就更好，造成事件尤其好——但也可能成为人物，或者不妨说"人物"在不被理解的时候很像搅屎棍。他或能冲破万马齐喑、死水一潭，提供逆向思维的启发，而且增添热闹。许多时候，开讨论会，请客吃饭，唱卡拉OK，结伴旅游，直到政治学习，人们都期待一个搅屎棍式的人物出现，有了他或她，至少表面上全盘棋都活了。

有的人总觉得陌生一点的人更可爱，陌生人带来的是一缕清新，一种礼貌的自制，一种新经验与启发。由于可爱便愿意接近之，接近了便渐渐发现他也与其他的人没有太大的两样，不见得比他们更高超，如果不是比他们更差的话。这可以称之为喜新效应。

有的人总觉得陌生人很危险，似乎一切生人都可能是罪犯，可能要骗你，可能对你没安好心，而熟人知根知底，令人放心得多。这可以叫作欺生或疑生效应。

一个儿子埋怨他的爸爸："您太没有出息了，没有买下汽车，也没有买下房屋，没有写出真理的光芒四射的文章，也没有演过电影，没有当上高官，又没有成为英雄模范，你们本来可以有更伟大的成就！这一代人啊，算是没有希望了呀。"

父亲说："儿啊，你今年有多大了？"

儿说："三十有九。"

父亲说："我还以为你不到十五岁呢。明年你就四十了，到时候你给我们拿出点辉煌来。还有，你有孩子了吗？"

儿说："他已经十一岁了。"

父亲说："呃，那么说你也快了。"

一个读书人读了《礼记》上的"大道之行也，天下为公，选贤与能，讲信修睦，故人不独亲其亲，不独子其子……"乃颓然叹曰："两千多年过去了，我们碰到的问题还是一个样儿，一代又一代的人干什么吃的！"

另一个人看了莎士比亚的话剧《哈姆雷特》，便说至今"活着还是不活"的问题没有解决。他对人类对文明表示失望表示焦虑表示痛心。

还有一个人读了屈原，还有一个人读了庄子，还有一个人读了柏拉图，还有一个人读了托尔斯泰，还有一个人读了普希金，他们的结论都是愤怒与悲戚的：因为"天问"至今也还要问下去，你没能对答如流；"生也有涯知也无涯"的矛盾至今还痛苦得要死；"理想国"至今也还在理想着；善，至今克服不了恶；而爱情和情欲的煎熬，使他觉得自己比普希金还痛苦——因为他不知道该找谁去决斗，尤其是，决斗完以后，出版商是否就接受他的诗稿。只有一个庄稼人，他告诉他们他一直长到五十岁都没有吃过饱饭，而现在吃饱了，所以他认为日子还是可以过的。于是读书人痛不欲生，悲哀于人们的全面堕落。

一个博士在阁楼上读书愈读愈黯淡愈玄虚愈悲观。他的友人劝他下楼走一走，看看生活。他没有反对，便在一天夜晚下了楼。

首先，他看见一大群老年妇女敲着大锣大鼓扭秧歌，她们还都打扮得艳丽如妖魔："太可怕了，人们的审美素质太不成样子了。"他叹道。

接着，他看到了一群男女在"盒带"的伴奏下跳交谊舞，"醉生梦死，醉生梦死！而且，他们跳得根本不符合英国王室标准！"他摇摇头。

他走过一个地铁站口，一个人鬼鬼祟祟地问他："要发票不要？要发票不要？""什么？"他问。"报销，报销……"那人含糊不清地说。整整用了五分钟他才"脑筋急转弯"般地恍然大悟，叫苦不迭："我的娘！怎么这般伤天害理！"

他走过饮食夜市。卤煮火烧、酱烧猪蹄、爆肚、羊肠、褡裢火烧、水煎包、锅贴、烧卖、豌豆黄、驴打滚、艾窝窝……应有尽有，冷气热气，香气臭气腥气，红白黄褐绿黑，琳琅满目。博士大喜，垂涎三尺，坐下就点。拿起筷子就夹，忽然觉察：且慢！不对了！路边摊贩，何等肮脏，车过尘起，人言沫飞，手指拨弄，餐具不消毒不洗净，这样食品是可吃孰不可吃？可别人都吃得香喷喷，美滋滋……吃乎不吃乎？处境之两难，选择之不易乃至于斯！他急哭了。

……

回到阁楼上，他不知自己还该不该再忧国忧民，他只觉无语。他整理了一下他碰到的问题：如果战斗而只剩下了自己一个人，如果一个人而要与全世界作战，难道你的一切活动只是为了自己的影子？

孤独是不能提倡的，寂寞是不能推销的，伟大是不能操练的，艺术是不能炒作的，思想是不能避免的，悲壮是不能表演的。以上是否定律。

颂扬别人常常即是肯定自己，指责别人常常即是反射着自己的弱点，嘲笑自己常常即是嘲笑别人，给别人抬轿其实也是抬自己。以上是分享律，或曰借光效应。

过于强调什么，往往恰恰证明了自己某一方面的虚弱。例如曾经拼命唱"'文化大革命'就是好"，而从来没有唱过"淮海战役就是好"。以上是反衬律。

如果丈夫埋怨妻子琐碎而不断地与妻子争，如果妻子埋怨丈夫主观而不断地与丈夫争，如果一个人拼命批评自己的朋友不义，如果一个官拼命抱怨自己的下属无能，最后常常是证明就是你或琐碎，或主观，或不义，或无能。这是（斗争）趋同律。

有人赞成的必有人反对，有人佩服的必有人不忿，有人讨厌的必有人亲爱，有人趋奉的必有人躲避。以上是逆反律或完成律。

被阿谀也如吸鸦片，愈吸愈上瘾——瘾无止境，谀无止境，麻醉性舒服无止境。

井说河太轻浮，河说海太自大，海说井太窄小。苍蝇说老鼠太低下，老鼠说猫太残忍，猫说苍蝇太贫乏（缺乏营养价值）。警察想对说废话太多的东西课以罚款，于是井河海苍蝇老鼠猫一起造反。上帝批示：让它们就这样一年又一年地互相说下去吧。

第三章

凝思

静是人生
必备的
定力

克服了过分的天真，克服了软弱的浪漫，
摈弃了良好到天上去的自我感觉，勇敢地面对
现实的一切艰难，把烦恼当作脸上的灰尘、衣
上的污垢，染之不惊，随时洗拂，常保洁净，
这不是一种智慧和快乐吗？

飞沫

一

　　我曾不止一次地发生一个冲动，写一篇小说，描写一个人自己给自己打电话。比如说他家里没有一个人，他的孩子上大学住学校了，妻子出国访问了。他上街，锁上了家门。在街上，发现了一个很文雅标致的电话间，比他自身更加标致和文雅。于是他忍不住通话的诱惑，往并无一人在的家拨了一个电话。假定，他的名字是A。

　　令人吃惊的是，接了电话。

　　"我是老A。"

"我是老A。"

"你……"表情应该是吃了一惊还是心中甚喜或是"原来是这样"呢?

"你上街了,我在家。你买东西,我读书。你打电话,我接电话。你惦记我,我惦记你。"

"这回,我们都放心了。"

随着一声放心,老A已坐在家中电话旁,虽然家门是锁上的,他开不开。他饶有兴趣地接收另一个老A的电话。

自己给自己打电话,一定是一件非常有趣的事情。

二

比如说描写一只狼,一只狼的性格是怎样完成的呢?

是不是它也懂得慈爱,懂得友谊,懂得风的呼啸与雨的凄迷,懂得饥饿的痛苦与被追逐的屈辱?

也许它本来是仁慈和软弱的,它的牙只是为了吃草。也许只是偶然的一次,它无心地碰伤了一只羊羔。从此便都说它是狼、狼、狼，嘲笑它、欺侮它、迫害它。

它便忘记了母狼的白乳，忘记了同伴的嬉戏，忘记了青草和野花的芬芳，忘记了驰骋奔跑的欢乐，只记住磨砺自己的牙齿，咬啮和捕捉⋯⋯

狼的眼睛是阴沉的，充满孤独的痛苦。

没有请君美餐的决心，真不该去看狼的眼睛。

三

我早就想写一部长篇小说。第一页，描写大海，描写狂风，黑浪颠簸着白帆，神妖在海上大笑，暴雨发表论述，一只小蝴蝶栖息在浪花上，排炮轰鸣，九个太阳此起彼落，马蹄踏破酒席，碰杯时的微笑顷刻成为浮雕，乐队指挥摘下白手套投向一只大象，和尚的光头上长出了嫩芽⋯⋯

酝酿着序，始终没有动笔。

四

没有比童话更吸引我的了，我却始终写不成童话。

就写溢出的这一滴墨水吧。无心的释放，不受欢迎的客人，在来得及擦拭以前，留下了自己的任意。任意只能是无意，无意却又只能是无任意。墨水羡慕笔尖，而笔尖又羡慕因为字写得不好而总是抱怨笔的孩子。

也许更应该写一盒歌曲磁带？小小的歌唱的精灵坚忍地贮藏在长方盒子里，随时准备着有声有色有整整五个乐队的伴奏的演唱，而这一切都被忙碌的主人耽误了……磁带渐渐受潮，污染，还没有得到一次发声的机会便被埋葬了……小小的精灵愤怒了，它……后来，主人的耳朵就聋了。

也不行。

五

不知道医生是怎样论述老的征兆的。我的体会是，主要看心脏。

什么叫年轻？年轻就是心跳，就是心跳节奏的明显变动，就是对于自我的心跳状况的切肤觉察，就是心在胸膛里的焦躁、冲击、拉扯、扭曲、撞打、不安分地运动。

因为春日的一丝和风。因为电影片头的一段吹奏乐。因为广
播员的慷慨激昂的宣告。因为一个笑容。因为送到耳根的几句不
敢见天光的流言。因为连阴天后的阳光。因为对某件事和对整个
自己的无所作为的羞耻。因为游泳季节的开始。因为电话里听到
了熟悉的声音。心这个跳呀，跳呀，跳呀。练气功也不行，默念
老子庄子的佳言妙句也不行，想另一个银河系也不行。

这还是缺少磨炼的缘故啊！少年的我判断说。要千锤百炼，
要饱经风霜，要稳重如泰山，要安然如流水……我真羡慕啊！

近一两年来，我已经很少有这样的剧烈心跳的感觉了。是由
于涵养还是由于脂肪？是更成熟更健壮（应该叫作茁壮吧）还是
真的进入老年期了？吃点西洋参或者维生素E管事吗？

也好。

鳞与爪

一

1979年夏天，我刚刚举家从新疆迁移回北京，临时住的地点离故宫护城河很近，晚饭后我常常沿着护城河散步。垂柳、角楼、劳动人民文化宫与公园后门，种种亲切和美丽使我陶醉感叹。

我几次看到四个（也许是三个？已经到了再不敢吹"记忆力"的年龄了）青年弹着吉他靠在河堤上唱歌。我觉得惊讶、羡慕、疑惑，甚至有点紧张。怎么能这样大模大样地在街头弹那个资产阶级——至少不是无产阶级——的乐器呢？自己玩就玩吧，何必跑到大街上呢？三四个人一起弹吉他，不是有点闲荡、有点不务正业吗？三四个人算不算聚众呢？惹得许多行人、骑自行车者停下来看，多出风头，多不好意思！许多人还吃不饱饭呢，他们却吃饱了撑的弹上吉他了。北京，北京，毕竟是北京啊！他们是不是有点可疑呢？需要不需要给他们一点劝告乃至监视呢？

我是带着一种陌生感，一种不安，一种窃窃的喜悦来看这四个人的。觉得看多了不太方便也不太礼貌，每次看上几眼便迈步走过去。却也想，"四人帮"毕竟是倒台了呵。

一晃，时已八年。弹吉他的年轻人，你们过得可好？

二

1948年的北平，已经是风雨飘摇、土崩瓦解，一片将死未死的萧条景象。这时，在我居住的一条小胡同里，出现了一个挎着篮子卖杂货的老头（依我当时的年龄和眼光认为的老头，也许他不过才40岁）。老头用洪亮而又甜美，应该说是软软的、嗲嗲的声音吆喝："油炸花生米！老腌鸡子！"

除了炸花生米与煮好的咸鸡蛋，几乎没别的商品。他见了谁都笑容可掬，见了小孩子马上用讲故事的声调说："跟妈妈要点钱，买花生米吃！甭提多香了！"

果然有小孩子回家去又出来了，买了花生米。他给花生米应该说是相当"抠门儿"的，但态度实在和气。如果小孩子抱怨花生米给得少，他就会慈祥地说："小少爷！您看我这花生米多干净！多油分！多个儿大！"确实，不论花生米还是鸡蛋，都干净极了。

一个月以后，老头从挎篮子变成了挑挑子，花生米从油炸发展到既有油炸又有水煮，鸡蛋从老腌发展到既有咸蛋又有茶蛋，还增加了瓜子、绿豆糕和炸油饼。

两个多月以后，他改成了推车，一辆崭新的售货车，以熟食为主，兼营白干酒。他仍然那样款款地、无腔无调却又多情地吆喝着："花生米！老腌鸡子！白干酒！"

不像那些具有悠久的从业历史的小贩，那些人吆喝得出花儿来，称得上是婉转入云。他的吆喝只是大声说话罢了。他有很好的音量与音色，只是没有旋律，"无调性"。

然而他的"白干酒"三个字足以使每个酒徒泪下，传达出了生活的艰难、酒的苦辣温馨、小贩的效劳之情。

他越是笑得甜你就越觉得他走得辛苦、卖得辛苦。如果你在这样美丽的笑容与动情的吆喝声中扬长而过，无动于衷，那简直是铁石心肠、罪过！

待到新中国成立前夕，他已经开起了一座两间门脸的小铺，俨然食品杂货店的掌柜了。

以后我就顾不上再想他再看他。20世纪50年代后期，我去

静是人生
必备的
定力

这个小铺子买过一次东西。已经公私合营了，他穿着干部服，胖得出奇，没有吆喝，只有习惯性的微笑。

不久便听说他已病逝。

我始终觉得他的小小的发家史是一个难以思议的奇迹。

三

20世纪50年代，我有几次机会去山西太原。在规整美丽的海子边公园附近，我吃过几次刀削面。很大的一个饭馆，从来都坐得满满的。山西的刀削面是驰名的，但现在已经很难找到一个专卖面的馆子了，不知道是由于人们的口味与"消费档次"已经提高还是由于利润指标的提高。反正那个时候，海子边公园近旁的海子边饭馆里，坐着的都是吃三棱形劲道利落的刀削面的。

给人的印象比面条还深的是一位服务员。矮矮的个子，留着平头，椭圆形的头脸，一脸孩子气的笑容，只是眼角皱纹透露出他已经并不年轻。他一只手端三碗、两只手端着六大碗面，你没准觉得面的体积和重量已经超过了他本人。他是奔跑着来为顾客上面的，又奔跑着去算账。那时候都是先吃饭后交钱，不像现在的饭馆，不但要先开票付款，而且要为每一个瘪三样的塑料杯子交押金。人心何其不古了啊！

　　同店还有几个女服务员，但大家都喜欢招呼这位小个子。可能是因为他的笑容，因为他跑得快、账也算得快，一口清，声音洪亮。你一眼望去就可以认定他十分喜爱自己的工作。他是一个快乐的、甚至有几分得意的服务员，于是大家都叫他。他从这桌跑到那桌，从店堂跑到后厨，再从后厨跑到店堂。他满场飞，他满场飞跑着端面，拾掇餐具、擦桌子、摆碗筷、算钱、收钱、找钱，像一阵风，像是在跳舞，像在舞台上表演。所有的顾客都把目光投向他，欣赏着他的精力、热情与效率，满意地发出会心的微笑。

　　工作，本来是可以这样的啊！

　　几十年过去了，再没有碰到过第二个这样工作的服务员。海子边饭馆和全国各地的各个饭馆一样，面貌一新。而我，对碰到这样的服务员却似乎愈来愈没有信心了。

四

　　目光，世界上没有比目光更有力量而又更费解的了。

在欢呼雀跃的场面里我看到呆木茫然的目光。在庄重深沉的嗓音后面我看到过傲慢而又闪烁的目光。当然也有谦卑后面的坚毅的目光，玩笑后面的大有深意的目光。

目光比人还难作假。

今年4月份访问日本的时候，参加了一次在京都举行的招待会。招待会由著名作家、日中文化交流协会的常务理事司马辽太郎主持。会上有一位身材苗条的老太太来见我，她长着一头黑发——也许是染过的。她和我握手，笑着，注视着我说："战争时候，我在华北。"她的汉语说得很慢。"华北"两个字说得非常沉重。我马上想起了我的在日本侵略军占领下的童年经历，想起"华北"在日本侵华史上的特有的含义。老太太继续笑着，说不清是苦笑还是喜笑。而她的眼睛那样深深地、深深地注视着我。惭愧，痛苦，留恋，感慨，友好，认错……我说不清，而她的"华北"两个字一下子复活了我的多少尘封已久的记忆！谁知道那一刻我的目光又有多少变化和流露呢？

我永远忘不了这位纤瘦的老人的目光。我甚至觉得，大老远地来一趟日本，我就是为了看看这百感交集、感从中来的目光。

无花果

小时候院子里有一株无花果，只记得叶片挺大，别的没有印象。倒是它的名称——无花而有果，叫人一下记住了。

新疆阿图什一带，以盛产无花果而著名。那里的无花果，成熟到金黄色，由一位姑娘来摘下，吃以前放在手心里"啪"地一拍，然后再敬给你。这种吃法好诱人。新疆还出产无花果酱，甜得很。

新疆已经阔别，无花果也只保存在回忆里。

大前年在门口买了一盆无花果，已经结了许多果，煞是玲珑可爱。大叶历历，显得高贵。果不甜，孩子们也不爱吃，给他们讲新疆的吃法他们也不感兴趣，他们又没去过新疆。北京的无花果不甜，可能是由于北京没新疆那么强烈的日照与温差。

无花果在花盆里养着，但结的果愈来愈少，叶子也颜色惨淡起来。"花盆太小了，该换盆了。""该施肥了，不然它拿哪儿的养料坐果呢？"想的说的都清楚，就是没有行动。延宕着。

今年春天，无花果又发芽了，一切充满希望。几天过去，突然发现已发出的芽又枯死了。

是不是忘了浇水？于是连忙浇水，还有些土法施肥，把打过的鸡蛋壳里的残余的鸡蛋清、淘米的水加在无花果盆里。

枯萎了的芽愈发枯萎下去，便决心给它换花盆。这才发现了它枯萎的原因：它的一株主根，竟然不堪小小花盆的桎梏，从盆底的洞中钻了出来，沿着盆底与水泥地生长。5月的阳光已经很强烈，水泥地被照得灼热炽人，把它的根给烫死了。

精心地给它换了大花盆。终于没有挽救过来。

看着它挣脱出来却又成为它的死因的那一截根，我有一种失落感。

后来朋友告诉我说："你何必换花盆？你就把它栽到院里的土地上就可以了。其实无花果很皮实，很好活，很容易过冬。"

我后悔不及。

落叶

人说自己的作品是结成的果实，我却觉得，我的作品像一片片落叶、一年年落叶、一阵阵落叶。

春天，叶芽萌发，渴望生长，汲取养分，迎接阳光。夏天，日趋丰满，摇曳自语，纷披叠翠，自在苗壮。而小树成为大树、老树，就靠了这些树叶而呼吸，而做梦，而伸展自己的向往。

等到秋天，一片树叶又一片树叶犹豫不决地与树干商量：我完成了吗？我可以走了吗？我渴望乘风飞去，海阔天空，被心爱的知音拿去珍藏。我又怕我们去了，使树干母亲凄凉。

树干说：去吧，去吧，我已经尽到了我的力量。你们是无法挽留的啊，纵然与你们告别使我神伤。你们应该去接受命运的试炼。

一片又一片的落叶落下了，他们曾经是树的，现是也还是树的，却又不是树的了。

它们是它们自己。是树的过往的季节，过往的尝试，过往的儿女。又是大地的新客人，新的星外来客，新的友人。

它们也许因陌生而受疑惑的冷眼。它们也许因平凡而受不经意的遗忘。他们也许被认为枯干而被一根火柴点燃，点燃中发出短暂的烟和光。它们也许被认为美丽而藏在情人的心上。它们也许跌入烂泥而遭受践踏，终于肥了土地。它们也许被一阵大风吹入异乡。它们也许进了科学家的实验室，做成切片，浸入药液，再放到显微镜下观察分析。而过多的树叶也许会引起清洁工的腻烦，用一把大扫帚通通地把它们扫到大道旁。

太多的树叶会不会成为自己的负担呢？太多的树叶会不会使树干弯腰低头，不好意思，黯然神伤？太多的树叶会不会使树大发奇想：我为什么要长这么多的树叶呢？它们过分地消耗了我的精力和营养。如果在我这棵树上长出的不是平凡的树叶而是匕首、外汇券、奶油或者甲鱼，是不是能够派更多的用场？

树不会愿意处在自己落下的树叶的包围之中，树不会愿意再看自己早年落下的树叶。树又不能忘怀它们，不能不怀着长出新的树叶的小小愿望。

1988年10月在苏州，我问陆文夫兄："当你看自己的旧作的时候，你有什么感想？可像我一样惆怅？"

他回答说："我根本不敢看哟……"

落叶沙沙，撩人愁肠。

凝思

我喜欢凝视，我以为凝视也许能带来长久的温习。

也许是永远的记忆。

一朵莲花，纯洁得动人，一池水，温柔无语。荷叶平静豁达，饱经世事却仍然孩子般坦诚，全无遮蔽。水面上的游虫，很有章法地蠕动着肢体，我行我素地有趣。

古老的青蛙，以漠然的平静思考着。

石桥石坊，青白方整，玲珑如戏。回廊九曲，如柱脱漆，犹有没有你我时的字迹。好柔媚的字啊，如舞女的身体。

不要走，不要改变位置，就这样看一眼，再看一眼，看一个小时，再看一个小时。我不要别的角度，我不要别的景致，我不要重叠和淡化，只要这一个景，这一幅画永远保留在我的心里。

我只希望，分手之后，告别之后，我仍然能想起你，想起便如见的清晰。

已经起身了，还要回头，还要回眸，还要再一次地看你，记你，得到你。

……而这一切都失算了。回忆没有清晰，冥想没有清晰，内观照没有清晰。凝视是不会被忘却的，凝视是不会被记住的。既没有永久的凝视，也没有永久的清晰。

已经记不起形状的莲花，别来无恙吗？

顺着简陋的、摇摇晃晃的木梯下去，是湖。被树木围绕的，说小也不小的湖。

隔着客厅的玻璃门，欣赏湖水的平静。

走到水边，却有一点晕眩。些微的涟漪里似乎蕴藏着点气势，蕴藏着不安，也许是蕴藏着什么凶险。

一条木船，绑在木桩上。木船上堆满了落叶。木船好像从来没有离开过木桩。

没有扶手的梯子上也堆满了落叶，甚至在夏天。有很多树，很多风和雨，却没有很多闲暇。对于一条木船，这湖毋宁说是太空旷了。

这也就够了，当闲谈起来，当得到了什么消息或者一直没有得到什么消息的时候，便说，或者说也没有说，那里有一个湖，梯子上的落叶许久没有扫过。

一座豪华的，由跨国公司经营的旅馆。旋转的玻璃门上映射着一个个疲倦地微笑着的面孔。长长的彬彬有礼的服务台。绿色的阔叶。酒吧的滴水池。电梯门前压得很低的绅士与淑女的谈话声。

电梯到了自己的楼层。微笑地告诉陌生人，陌生地看着自己的同伴。走进属于自己的小鸽笼。

舒适，低小，温暖，床与座椅，壁毯与地毯，窗帘与灯罩，以及写字台上的服务卡的封面，都是那样的细腻柔软。

这细腻和柔软令一个饱经锉砺的灵魂觉得疏离。这是我吗？

是我来到了这样一个房间？

顺手打开床头的闭路音响，有六套随时可以选择旋转的开关。这是"爵士"？还是古典？这是摇滚？还是霹雳？这是迪斯科？这是甲壳虫？

都一样，都一样。一样的狂热，一样的疲倦，一样的文质彬彬，一样的遥远。

一样的傻乎乎的打击乐，傻乎乎的青年男女在那里吼叫在那里哭，在那里发泄永无止息永无安慰的对于爱情的焦渴。

闭路音响，如一个张开嘴巴的、冒火的喉咙。它随着我的按钮来到我的面前，向我诉说，向我乞讨，向我寻求安慰和同情。

我怎么办呢？

我打开写着"迷你酒吧"的小冰箱，斟满一杯金黄醉人的鲜橙汁。我的口腔和食管感到了一股细细的清凉。而你的凉喉咙仍然在冒火。

我按下键钮，把你驱走，安静了，嗅得见淡淡的雅香。但我分明知道，我虽然驱走了你，你仍然在哭，在唱，在乞讨，只是

静是人生
必备的
定力

你不得进我的房间。你不得一时的安宁。

我不准你进我的房间。你乖乖地站在门外，不敢敲门，你真可怜。

我又按了键钮，果然，你唱得更加凄迷嘶哑痴诚，我哭了，我不能，一点也不能帮助你。

如果我能够安慰你，如果我能够拯救你——只怕是，我只能和你一起毁弃。

那天早晨我匆匆地走了，会见，愉快地交谈，即席演说，祝酒，题字，闪光灯一闪一闪。夜深了，夜很深了我才回到这温适的小鸽子笼。

你还在唱着。

你已经唱了一天和多半夜，我出门的时候忘记了消除你，就这样将你的动情的声音遗留到鸽笼里。没有人听，甚至连打扫卫生和取小费的女服务员也没有理睬你。而你一刻不停、一丝不苟、一点热情不减地唱着叫着，寂寞着与破碎着。

天天如此，也许还要唱四百年。

下了小飞机就进了绿颜色的汽车，汽车停在一座两层建筑门前。

我被引进了一个宽大的、铺着猩红地毯的房间。长着红扑扑的脸蛋，穿着笔挺的灰呢裤的女服务员端来了暖水瓶和一包香烟，她的一大串钥匙叮叮咚咚地响。

你吃七块、五块、三块一天的标准。

我点点头，她去了，我听到了一声鸡啼。

什么？又一声鸡啼。不但有雄鸡的喔喔而且有雌鸡的咕咕嗒，而且有远的与近的狗叫，叫在摇荡着的白杨树叶窗影里。

已经许久没有听到鸡鸣狗吠了。就那么疏远的高级了么？

走出去六十步，便是尘土飞扬的市街。我蹲下来，观看正在出卖的多灰的葵花子、烟草、杏仁、葡萄干、被绑缚的活鸡活鸭、用木板盖着的碗装酸奶油、龚雪与杨在葆的照片、拆散零根卖的凤凰香烟。

我买了两角钱瓜子，吃下去，像当地人那样，不吐皮，葵花子空壳附着在唇边。

经过了漫长的冬季，似乎很难看出冰块是怎样融化的。一直是坚硬如石的冰面，车轮和人足都在上面轧。待你注意到，已是一泓春水。

突然出现了春水，出现了摇曳的水光阳光，映照在桥墩上映照在栏杆上，映照在同样摇曳的新发的柳条上。

映照在脸上心上。感动得翻搅得不知怎样才好，如水的空阔、无定、欲暖还冷、混浊复又清明。还没有荷梗，还没有水草，还没有蝌蚪浮萍。是刚刚的流动，昨天还坚硬冰冷，然而已经流动了。

是希冀和期待，是祝福。

第一次见到你，就是这样的，在春水之上，在古老的街坊下面，你含笑走来，走进我的期待里。

我提醒你，我们那么早就见面了。你说是的，我却老觉得你也许没有记得那样仔细。

常常说起这冰雪融化的时刻，后来为它规定了日子。后来，又觉得，也许相会得早得多。那次火炬晚会，那次纪念冼星海，那次城区和郊外，那次雨后捉蜻蜓和夏夜寻找萤火虫的时刻，已经在一起。

玩水（蜗）牛的时候，唱的童谣也是一样的，一定是一起唱过。经历了许多岁月，互相寻找直至今日。

这间小土屋与其说是砌成打成的，不如说是捏成的。

就是老妈妈用那衰弱而辛劳的手歪歪斜斜地捏成的。

门缝可以容进三个拳头。春天，燕子在室内做了巢，就从这门缝飞出飞进，带大了小燕子。

冬天可要了命，风雪放肆地涌进来，用破毡子、棉絮、旧衣服堵了又堵仍然堵不住，冷得刺骨。

而且无论如何烟不从烟囱里走，先燎了一个小时，燎得小屋变成了杀人的毒气室。又在六级风中登上了矮矮的房顶，往烟囱里浇了三铁桶水，说是可以压掉凝结在烟囱里的冷气柱，能够使烟道畅通。

后来有了一点火，有了许多烟许多冷。

就这样烤了火，相依偎着睡下，牙齿打着战，在战抖中感到了幸运。幸福。

静是人生
必备的
定力

多雨的夏季，冷得发抖。汽车在大雨中抛了锚，虽然是外国的公路外国的名牌被我们视为至高的无上权威，然而，说是车又坏了，无法修理。

司机的脸上没有表情。健美的导游小姐流了泪。

鬼使神差地走进一家汽车旅店的餐厅，餐厅里布满了动物标本。正墙上是黑色的多毛的牛头，两只巨大的角威严如恶魔。侧墙上是一只鹰和两只山雉几只斑鸠，全都在展翅飞翔，全都永远地用一个姿势飞在无名小餐厅里。

而且有壁炉，跳动的火焰诉说着展翅不飞的痛苦。

于是便说笑起来，喝杜松子酒和兑白兰地的南非咖啡。情绪愈是恶劣，笑话便成联珠妙语。

走上这个山包，便看到了大海和对岸的城市。

看到巨大的钢铁的桥，桥上的蚂蚁一样多的汽车。看见船舶。看见对岸城市的潇洒的各色摩天楼屋顶。看见飞机在城市上空飞，飞得比大楼低，你真担心那太长的机翼。

而更多的时候看到的只有雾。不知道是凭记忆经验凭想象还是凭超敏锐的眼球，你对着雾说：桥、楼、车、真美、城市。

见到来到的这样的城市愈多，在城市跑来跑去活动得愈多便愈容易淡忘。这一团雾却永远忘不了了。

　　有一首歌《啊，我的雾》，是来自一个与我们很相像又很不同的国家的，唱的是游击队出征。

　　我走进一座辉煌的建筑，像殿宇，像旅馆，像塔，像纪念碑。

　　地上铺着大理石。墙上挂着壁毯。所有的陈设都是艺术都是古玩。室内的绿化，乔木和灌木和花草比室外还要丰富自然。一切设备得心应手。你可以把自己弹射到任何一个空间，你可以指令任何的风光服务出现。服务是那样尊敬和体贴，使你一经接触便觉得一生一世再不能失去。

　　没有冲撞，没有差失，没有任何含糊和疑惑，一切要多好就有多好，要多顺心就有多顺心。

　　然而空荡荡的。空荡荡的怕人。

　　宁可回家去挤公共汽车，下雨的时候车窗也不关闭，淋湿了所有人的鼻子。

烦恼

谁能够没有烦恼呢？夸张一点说，生存就是烦恼。

烦恼又是生存的敌人，生存的异化，生存的霉锈。

痴人多烦恼，妄人多烦恼，野心家多烦恼。虚妄的欲望与追求只能带来一己的痛苦，长生不老的仙丹，点石成金的法术，一帆风顺的人生，永远属于自己的美貌，光荣与成功，一句话，对于绝无烦恼的世界与生存的渴望，恰恰成为深重的烦恼的根源，这不是一个无可奈何的讽刺吗？克服了过分的天真，克服了软弱的浪漫，摈弃了良好到天上去的自我感觉，勇敢地面对现实的一切艰难，把烦恼当作脸上的灰尘、衣上的污垢，染之不惊，随时洗拂，常保洁净，这不是一种智慧和快乐吗？而那被克服了的、被超越了的烦恼，也就变成了一个话题、一点趣味、一些色彩、一片记忆了。

亲爱的朋友，你的烦恼不过是醇酒入口的一霎的那点苦感，真正的滋味还需要慢慢地品尝，细细地回味呢！

感伤

少年时候，我似乎颇有几分感伤。

上小学当儿，喜欢养蚕。那时北京的桑树也多，上树或者连树也不用上，就立在树下，可以够下很好的桑叶来，把桑叶洗净，擦干，喂蚕。眼看着蚕从蚂蚁状的小虫变白，一次蜕变又一次蜕变，吃桑叶吃得这么香，这么快，这么多，真令人高兴。只是觉得它们生活得太紧张，争分夺秒，未有稍懈。

最后蚕变得肥壮透明，通体有绿，于是它吐丝了。扬头摆头吐丝怕也是很累的吧。

它变成了蛹，觉得令人难过，觉得它是把生命收缩起来了。变成蛾子，更令人痛惜。我有多少次想喂蛾子吃点东西啊，馒头也行，白糖也行，当然桑叶也行。可是它们根本不考虑维持生命了。它们忙着交尾、甩子，干巴枯萎，匆匆结束了一个轮回。第二年虽然有许多的蚕，但是已经没有原来的蚕了。

桑叶呢？所有的树叶呢？多虽多矣，却也是谁都不能替代谁的。一片树叶枯萎了，落地了，被采摘走了，对于这一片树叶来说，它就不再存在了。

所以春天繁花的盛开使我惊叹的同时也使我觉得匆促。我常常觉得与春天失之交臂。我常常觉得这盛开的繁花是凋零的预兆。我常常觉得春天最令人惋惜，最令人无可奈何，还不如没有春天。

甚至当我把一个木片、一个纸片扔到流水里去的时候也有一种依依思念：这木片会冲向何方？这纸片将沉向何处？这一切都不是我所能知道的。

夏天，我特别心疼那些被捉住的蜻蜓，它们扑着翅膀却飞不出去。我也心疼黄昏的蝙蝠与夜间的萤火虫，因为它们寂寞，它们不出声，我总觉得它们的生涯太缺乏乐趣。

还有中天的月亮，是那样的遥远。还有婴儿的哭声，是那样的无助。还有算命的盲人吹笛子的声音，他们的步履是何等艰难。还有各式各样的民乐小曲，那里面总是饱含着悲凉。还有初秋第一次发现躺到床上已不那么暑热的时候，又是一个季节，又是一个年头。甚至还有春天时燃放的鞭炮，砰砰叭叭，然后，烟消声散，遍地纸屑……

哪儿来的这些感伤呢？

后来革命了。革命是最有力的事业。后来深知这种感伤的不健康，并笼统地称之为"小资产情调"。其实真正的小资产者——如卖袜子与开餐馆的个体户，未必是感伤的。

后来碰到了真正的挫折和坎坷，感伤反而愈来愈少了。后来都说我豁达、乐观、潇洒乃至精明，反正绝不感伤了。

感伤究竟是什么？是一种幼稚天真？是对心劳力拙的计算争斗的一种补充？是一种轻微的心理的疾患？是一种天赋？是一种享受？是一条通向文学的小径？据说外国人也认为，"感伤"早已经"过时"了。

那就老老实实承认吧，我有过，现在也还有过了时的那点叫感伤的东西。活到老改造到老吧，路还长着呢。

喜悦

　　我不知道词典上是怎么解释汉语中表示快乐一类情绪的字眼的，我也不知道外语中是否有相应的词儿，反正对这些词儿我有一些不知道算不算独到的感觉，它们会唤起我一些特别的、互不相干的情绪。

　　高兴，这是一种具体的、被看得到摸得着的事物所唤起的情绪，它是心理的，更是生理的，它容易来也容易去，谁也不应该对它视而不见、失之交臂，谁也不应该总是做那些使自己不高兴也使旁人不高兴的事。让我们说一件最容易做也最令人高兴的事吧，尊重你自己，也尊重别人，这是每个人的权利，我还要说这是每个人的义务。

　　快乐，这是一种富有概括性的生存状态、工作状态，它几乎是先验的，它来自生命本身的活力，来自宇宙、地球和人间的吸引，它是世界的丰富、绚丽、阔大、悠久的体现。快乐还是一种力量，是埋在地下的根脉，消灭一个人的快乐比挖掉一棵大树的根要难得多。

欢欣，这是一种青春的、诗意的情感，它来自面向着未来伸开双臂奔跑的冲力，它来自一种轻松而又神秘、朦胧而又弥漫的隐秘的激动，它是激情即将到来的预兆，又是大雨过后比下雨还要美妙得多也久远得多的回味……

喜悦，这是一种带有形而上色彩的修养和境界。与其说它是一种情绪，不如说它是一种智慧，一种超拔，一种悲天悯人的宽容和理解，一种饱经沧桑的充实和自信，一种光明的理性，一种坚定的成熟，一种战胜了烦恼和庸俗的清明澄澈。它是一潭清水，它是一抹朝霞，它是无边的平原，它是沉默的地平线。多一点，再多一点喜悦吧，它是翅膀，也是归巢，它是一杯美酒，也是一朵永远开不败的莲花。

嫉妒

　　嫉妒是一种微妙的情感，强烈而又隐蔽，自己对自己也不愿意承认，却又时不时地表现出来。嫉妒很伤人，很损人，使人变蠢，变得可笑、可悲、可厌。一个人越是掩饰自己的嫉妒，就越容易被别人觉察出来。嫉妒是弱者的激情，因为他除了嫉妒还是嫉妒，做不出什么能使自己感到自豪、使自己的心理变得平衡的事。强者以理智以道德和大局为重的心胸把握自己、克制自己，以竞争心进取心改造和取代嫉妒心，用光明的奋斗驱散嫉妒的阴影。弱者以冠冕堂皇、滔滔不绝、气急败坏的说辞掩盖自己的报复心、恶毒心、败坏心，诽谤和中伤是他们的生活方式，渐渐地，他们活着的目的不是为了自己要做事，而是为了不让别人做事，不是为了自己要做出成绩，而是为了不叫别人做出成绩。据说在南亚流行着这样一个故事："上帝告诉某人，上帝可以满足他的要求，赐给他他所要求的任何一样东西，条件是：给他的邻人双倍的同样的东西。这个某人想了一想，便说：
神圣的上帝呀，请挖掉我的一颗眼珠吧！"

　　亲爱的嫉妒者呀，您的眼珠可平安？

善良

善良似乎是一个早就过了时的字眼。在生存竞争中，在阶级斗争中，在各种各样的人际关系中，利益原则与实力原则似乎代替了道德原则。

我们当然也知道某些情况下一味善良的不足恃。我们听过不少关于善良即愚蠢的寓言故事。

但我们也不妨想一想，那些需要帮助的人当中，那些等待着向他们伸出善良的援助之手的冻僵者或是重伤者当中，有多大比例是毒蛇或者恶狼？我们还要问，宇宙万物中，有多大比例是毒蛇和恶狼？为了有限的毒蛇和恶狼而不惜将一切视为毒蛇和恶狼，不惜以对付毒蛇与恶狼的法则为自己的圭臬，请问这是一种什么疾病？

我们还可以问一下，我们以对待毒蛇和恶狼的态度对待过的那些倒霉蛋当中又有多少人是经得住时间考验的当真的毒蛇和恶狼？如果说，面对毒蛇和恶狼而一味善良便是糊涂的农夫或东郭先生，那么面对并非毒蛇或恶狼的人却坚决以对待毒蛇或恶狼的态度对待之，我们成了什么呢？是不是我们自己有点向蛇或狼靠拢呢？

善良与凶恶相对的时候，前者显得是多么稚弱而后者显得是多么强大呀。凶恶会毫不犹豫地向善良伸出毒手，而善良却抗争，只是不滥用这种"正当防卫"的权利罢了。往往是这样，处于不设防乃至不抵抗的地位。凶恶是无所不为的，凶恶因而拥有各种各样的武器。而善良是有所不为的，善良的武器比凶恶少得多。善良常常败在凶恶手下。

然而人们还是喜欢善良、欢迎善良、向往善良。善良才有幸福，善良才能和平愉快地彼此相处，善良才能把精力集中在建设性的有意义的事情上，善良才能摆脱没完没了的恶斗与自我消耗。

凶恶每"战胜"一次善良就把自己压缩了一次，因为它宣告了自己的丑恶。善良每败于凶恶一次，就把自己弘扬了一次，因为它宣扬了自己的光明。

善良可以与天真也可以与成熟联系在一起。多数情况下善良之不为恶非不能也，是不为也。善良的人不是不会自卫和抗争，只是不滥用这种"正当防卫"的权利罢了。往往是这样，小孩子是善良的，真正参透了人生与世界的强大的人也是善良的，而一瓶子不满半瓶子晃荡的人最不善良。

君子坦荡荡，小人长戚戚。恶人更是常常四面楚歌，如临大敌，其鸣也凄厉，其行也荒唐，其和也寡，其心也惶惶。而善良者微笑着面对现实，永远不丧失对于世界和人类、祖国、友人、理想的信心。

我喜欢善良，我不喜欢凶恶。我认为即使自以为是百分之百地代表着真理和正义也不应该滥恶。滥恶本身就不是正义了。我相信，国人终归会愈来愈善良而不是相反。例如在"文化大革命"中，凶恶不是已经出尽风头了吗？凶恶不是披尽了"迷彩服"了吗？后来又怎么样了呢？

了悟：一种"慧根"的超越

琢磨的目的是了悟，了悟是什么东西呢？现在人们愈来愈常说"悟性"一词了，那么悟性又是什么呢？

可以说，悟性指的是一种学习、理解、明白的能力，而这个学习、理解，对象不是课本，不是规章，不表述为语言，哪怕不是本国语言而是一门艰深的外语，而表现为一种不言之教，一种隐藏在现象里边的深层的规律，一种既非逻辑推演，也非实践证明的概念、要领、经验。没有任何学校给你讲授这门课程，也很难开这门课，它难以教授、难以讲解、难以传达，它似非而是、羚羊挂角、无迹可求，它既不是靠读书也不是靠苦思，而更多是靠直觉，靠感觉，靠触类旁通，靠想象而得到。踏破铁鞋无觅处，得来全不费功夫。

据说"悟"这个字是随着佛教而传入的，恐怕是这样，佛学的许多观念、说法，不是论证也不是科学实验的产物，它需要的是一种"慧根"，一种悟性，能够超越现实，进入无限和终极，思想一些人的正常头脑很难进入的领域里的关系与对象，其中很多东西确实是一些奇思妙想，很多并非正面的论述，而是一些比喻，一些象征，一些谜语，而且它们的喻与所喻，能指与所指，谜面与谜底，关系并不十分确定，有时候是一些机智，是一些文字游戏，是一种风格，乃至是一种强词夺理，最后是一种非逻辑非实证的信仰。

例如那个很有名的六祖慧能的故事，五祖弘忍欲求法嗣，令徒弟诸僧各出一偈。先上来是上座神秀，说道："身是菩提树，心如明镜台，时时勤拂拭，莫使有尘埃。"而慧能的偈是："菩提本非树，明镜亦非台，本来无一物，何处染尘埃？"一比较，慧能的悟性更好，五祖就把衣钵传给了慧能。

其实这更像文字游戏，如果是我与慧能一起作诗作偈语，我就来一个保持沉默，最好是当场入睡，打几声鼾，或学蛙鸣，或学蝲蝲蛄叫，不比慧能更虚无，更后现代，更行为艺术吗？

佛以外的例子，惠施问庄子："子非鱼，安知鱼之乐？"庄子对曰："子非我，安知我不知鱼之乐？"其实这是诡辩。惠施完全可以以其人之道还之，只消说："子非我，安知我不知子不知鱼之乐？"这样，从前有座山，山上有座庙，庙里有个和尚讲故事……就可以一万年地讲下去了。

这里需要的仍然是得意与"忘言"。死抠住慧能的偈语与庄周的答疑本身就自作聪明或干脆五体投地，其实都是冒傻气。这里更多的是讲他们的一种洒脱、一种风格、一种拈花而笑的姿态。

也许更好的例子是艺术。技巧是可以学的，知识也是可以传授的，然而悟性是无法帮忙的，艺术的感觉是大不相同的。所谓神韵，所谓生气贯注，所谓灵气，所谓新意，所谓魅力，所谓清新，都很难教授或干脆不能教授。至少一个简单的原因，艺术贵在创新，你教给他的，还算新还算创造吗？其次，艺术是非常讲究个人风格、个人独特性的，老师教给你的，只能是原则，只可能带上老师的个人风格，却绝对不可能代你创造你本人的独特性，教授的最好的东西也是好东西，但还不能算你的东西，直到你从创造中悟出了自己的东西，找到了自己的风格特色，才算学到手了学对了。

确实，许多事情只可意会，不可言传，小而至于一个人，你仅凭看他的档案或听他的自述，能了解他吗？有时候经历和性格一致，有时候恰恰不一致；有时候讲的和实际一致，有时候自己也讲不清楚自己。这里还不包括有意无意地隐瞒自己的某些特质的人。靠什么？靠了悟，靠感觉，靠直觉，靠联想。我无意认为档案不重要，自述不可信，我也无意认定任何莫名其妙的感悟都极精彩，感悟也有主观、片面、肤浅，直至歪曲的可能，但是观察、了解、听取、阅读与感悟的手段都可以采用，也都可以参考，更好。

中国语言中除了"悟"以外还有一个"通"字。我们说一个人不明事理就说他"不通"，学习了而且明白了，就说是弄通了。这个字很形象，通畅了，可以交通了，可以交流了，可以走来走去了，当然就健康了。中国医学也是喜欢用这个概念这个理论的，有病了就是哪里哪里不通了，吃了药，扎了针，通了，病就痊愈了。那么通又是什么呢？我的解释，通首先是书本与生活之间的畅通无阻，理论与实践之间，事体与情理之间，读书与明理之间，此事与彼事之间，身外之学与身同之学之间的通畅，这是化境的一个重要标志。

有些属于风格、风度、待人接物、处世，给人的印象问题，也需要好的悟性。同样聪明，有人给人以油滑的印象、刻薄的印

100

象、炫耀自身的印象，有人则只使人感到机智、犀利、敏锐，却不失仁厚大度。同样文雅，有人给人以酸溜溜的印象，有人则很自然。同样满腹经纶，有人更像是囤积居奇或二道贩子，是卖弄学问的奸商，有人则很诚恳，很仁厚，不失本色。还有人虽然捶胸顿足，仍然无人相信。有的步步为营，却仍然破绽百出。有的正言厉色，却仍然让人觉得滑稽可笑。这些都不是语言所能表达传授，而要靠自己的了悟。

学习也是如此，就一学一，背诵式地学，这是一般地学习；举一反三，由此及彼，在学习中掌握学习与学问的规律，摸住了学习与学问的脾气，于是一通百通，事半功倍，云开雾散，一片天光，明明白白，这叫悟性。谚云："宁可与明白人吵架，不与糊涂人说话。"了悟的目的是明白，好说的，不方便说的；好掌握的，不好拿捏的；能用言语表达的，只能使个眼色做个姿态的；表面的，大面的，以及深深潜藏的，全能明白，全能透亮，全能了悟于心，和这样的人打架不也是爽气得多嘛。

悟性虽然有点玄妙，想来也还是可以培养提高的。好学，深思，琢磨，模仿，学样，敢于实践，善于总结，勇于自省，有事分析，分析不出来就回想全过程，发现最微小的差别，按图索骥，顺藤摸瓜，学得乖一点再乖一点，这么试过了不行再用另外的办法试试，总可以做到由蠢而不太蠢，由蠢十分到蠢六分，一直迫近于明白和了悟了。

当然，事情也没有那么简单。问题在于，越是不明白的人越是火冒三丈，越是糊涂的人越是不可一世，越是幼稚的人越是不容分说，他们对于明白人、能够做到了悟的人有一种本能的仇视。

怎么办呢？只好随它去啦。

第四章

新疆的歌

静是人生
必备的
定力

哪一个不曾欢跃地迎接过春天？哪一个不曾为春天的到来而感到熨帖心灵的欣喜？但是，让我这样说吧，我还没有见过像今年吐鲁番的春天这样饱满、这样温煦、这样闪耀着无尽的生机的春天。

新疆的歌

黑黑的眼睛

在遥远的伊犁，几乎每一个本地人都会唱《黑黑的眼睛》这首歌，几乎每一次喝酒的时候都要唱这一首歌。

喝酒和唱歌这二者，从声带医学的观点来看是互相排斥的，从情绪抒发的角度来看却是一致的。

第一次听到这首歌是1965年冬天，在大湟渠渠首——叫作龙口工程"会战"的"战场"。我与农民们一起住在地窝子里。那里临时开设了几个食堂。寒冬腊月，食堂的厚重无比的棉帘子外面挂满了冰雪，也许不是雪而是霜，食堂里的水汽从帘子边缘逸出来，便凝结成霜。掀开这沉重得惊人的门帘，简陋的食堂里热气弥漫、灯光昏暗、烟气弥漫、肉香弥漫。更重要的是歌声弥漫，歌声激荡得令人吃惊，歌声令人心热如焚，冬天的迹象被歌声扫荡光了。

在关内的时候，我们也听过一些新疆歌曲。但是伊犁民歌自有不同之处，它似乎更散漫，更缠绕，更辽阔，没有开头也没有结尾，抒不完的感情联结如环，让你一听就陷落在那里，痴醉在那里。

从此我爱上了伊犁民歌。在伊宁市家中，常常能有机会深夜听到《黑黑的眼睛》的歌声。是醉汉吗？是夜归的旅人？是星夜赶路的马车夫？他们都唱得那么深情。在寂寥而寒冷的深夜，他们用歌声传达着对那个永远的长着"黑黑的眼睛"的美丽的姑娘的爱情，传达着他们的浪漫的梦。生活是沉重的，有时候是荒芜的，然而他们的歌是热烈的，是愈加动情的。

后来我有几次与农民弟兄们一起喝酒唱歌的经验。我们当中有一位歌手，他是大队民兵连长，叫哈里·艾迈德。他一唱，我们就跟，随着每一句的尾音，吐出了无限块垒。我傻傻地跟着唱，跟着唱，却总觉得跟不上那火热的深沉与辽阔的寂寞。

也有时候我不跟着唱，只是听着，看着哈里和别的人们的那种披肝沥胆地唱歌的样子，就觉得更加感动。

1973年我离开了伊犁，1979年我离开了新疆。

1981年中秋节前后我重访伊犁，诗人铁依甫江与我同行。为了将《蝴蝶》改编成电影的事，长春电影制片厂的一位导演不远万里跑到伊犁去找我。一天晚上，我们一同出席伊宁市红星公社在西公园附近的一次露天聚会。饮酒之际，请来了民间的盲艺人司马义尔，他弹着都塔尔，唱起了歌，当然，首先唱的仍然是《黑黑的眼睛》。

他的声音非常温柔。他的歌声不是那么强烈，却更富有一种渗透的、穿透的力量。那是一首万分依恋的歌，那是一种永远思念却又永远得不到回答的爱情，那是一种遥远的、阻隔万千的呼唤，既凄然又温暖。能够这样刻骨铭心地爱，刻骨铭心地思恋的人有福了，能唱这样的歌，也就不白活一世了！看不见光明的歌手啊，你的歌声里充满了对光亮的向往和想象！在伊犁辽阔的草原上踽踽独行的骑手啊，也许你唱这首歌的时候期待着人间的温暖？歌声是开放的，如大风，如雄鹰，如马嘶，如季节河里奔腾而下的洪水。歌声又是压抑的，千曲百回，千难万险，似乎有无数痛苦的经验为歌声的泛滥立下了屏障，立下了闸门，立下了堤坝。

一声"黑眼睛",双泪落君前!他一唱我的眼泪就流出来了!

伟大的维吾尔诗人纳瓦依说过:"忧郁是歌曲的灵魂。"这又牵扯到一个民族的性格问题来了。你为什么那么忧郁?由于干旱的戈壁沙漠吗?你的绿洲滋润着心田。由于道路遥远音信难传吗?你的好马和你的耐性使你们的交往并不困难。由于得不到心上人的呼应、得不到知音吗?你的歌、你的舞、你的饮酒又是那样的酣畅淋漓,而你的幽默更是超凡入圣。

快乐的阿凡提的乡亲们,却又有唱不完的"黑眼睛"的苦恋。

我没有解开这个谜。虽然我标榜自己对新疆、对维吾尔人的生活、语言、文字颇有了解。我至今学不会这个歌。虽然我喜欢唱歌、粗通乐谱、会唱许多歌、自信学歌的能力不差。那么熟悉,那么想学,却仍然不会唱。也怪了。

就让我唱不好,唱不出这首《黑黑的眼睛》吧。唱不好,但是我知道她,我爱她,我向往她。小小的一声我就能从万千音响中辨识出她。她就是我的伊犁,她就是我的谜一样的忧郁。至少是因为告别了伊犁,至少是因为它是唯一的我又喜爱又熟悉又至今唱不成调的歌儿。

阿娜尔姑丽

以喀什噶尔为中心的南部新疆的歌儿与以伊犁为中心的北疆的歌儿有很大的不同。如果说北疆民歌的代表是《黑黑的眼睛》的话，那么，南疆民歌的典型则是《阿娜尔姑丽》。"阿娜尔姑丽"的意思是石榴花，而这又是一个在南部新疆常见的姑娘的名字。这个名字很美。电影《阿娜尔汗》的主题歌就是根据民歌《阿娜尔姑丽》整理、配词而成。歌一开始便唱道：我的热瓦甫琴声多么响亮，莫非装上了金子做成的琴弦？而民歌的起始两句，据我所知的一个版本是这样的：夜晚到来我睡不着觉呀，快赶开巢里的乌鸦，啊，我的人！最后一个词是bala，是孩子的意思，这里叫一声孩子，类似英语中的baby，是一种昵称，故译作"我的人"。

以《阿娜尔姑丽》为代表的南疆民歌似乎更具有节奏感，人们唱这些歌的时候似乎正迈着沉重有力的步子，似乎正在漫漫沙石戈壁驿道上长途跋涉。四周杳无人迹，远山上雪光晶莹，干枯的柴草在风中颤抖，行路者的歌声坚毅而又温情，我好像看到了歌者的被南疆的太阳烧烤成了酱紫色的脸庞。

也许他们是骑着骆驼唱这些歌的吧？在"沙漠之舟"上，他们体验着大地的辽阔、荒芜、寂静与神秘，他们也体验着自己内心的火焰的跳动、炽热、熬煎和辉耀。他们已经漫游了许多日日夜夜。他们已经寻求了许多岁岁年年。他们已经创造了许多城市乡村。他们热烈地盼望着更多的人间的情爱。

我永远不会忘记我第一次受到这样的歌声的冲击的情景。那是在叶尔羌河东岸、塔克拉玛干沙漠西缘的麦盖提县，1964年，我住在县委招待所，准备去洋达克乡。招待所正在盖房子，每天早晨8时以后，来自农村的临时建筑工开始上班。有两个年轻的女人，她们不紧不慢地用抬把子抬砖，一边装卸，一边走路，一边大声唱歌。她们唱的是《阿娜尔姑丽》，她们的唱歌就像呐喊一样的自然、朴素、开阔、痛快，她们的唱歌就像呼唤一样响亮、多情、急切、期待着回应，她们的唱歌又像是一种挑战、放肆的发泄，自唱自调，如入无人之境。她们戴着紫红色的小帽，穿着红色的裙子，红色的裙子下面还有绿色的灯笼裤。这歌声响彻一个上午，中午稍稍歇息，又一直唱下去，唱到太阳快要落山。她们的精力，她们的热情，她们的喉咙里，似乎都有着无尽的蕴藏。

即使是生活在城市中、生活在忙乱中、生活在纷扰与风霜雨雪中也罢，想起这样的歌，能不为那股热流而心潮激荡吗？

静是人生
必备的
定力

四月的泥泞

初到新疆生活的人，面对化雪季节的新疆的泥泞，实感惊心动魄。

在乌鲁木齐和一些北疆城市，冬天的冰雪就够惊人的了。一层又一层的积雪，使公路变成了夹层冰道。汽车与自行车的车轮在冰道上刻印下了千道万道冰的辙沟，辙沟重叠、并排平行或者纵横交错。它似乎有一种象征的意味，人生的道路就是这样错综繁复而又难离旧道。歧路不仅亡羊，歧路亦常翻车。骑自行车最要紧的是不要使前轮陷入车辙沟，那种"重蹈旧辙"的结果一定是车把的"僵化"与自行车的翻倒。也有时候天可怜见，硬邦邦，歪歪斜斜的车打着滑冲出了小沟，像表演"醉车"——即醉汉骑车的特技一般，我们又可以骑车冰上行了。比起辙沟来，冰面的光滑反倒成了第二位的威胁了。滑就滑，倒就倒吧，车照骑不误，虽然时而有某某人摔成了粉碎性骨折的消息。等到真粉碎了，也就不怕冰路了。

终于3月到了。3月下旬便开始化冻。天！大街小巷都变成了泥塘。穿上套鞋似还不够，在伊犁，必须穿上高勒胶靴。到了4月，泥泞更加透彻，虽然穿上了高勒胶靴，裤子上仍然会沾上泥巴。特别是一旦汽车驶过，泥点会溅到脸上、头发上、身上。你咒骂司机，司机又咒骂谁去呢？走在泥泞里，胶靴发出的不是"噗噗"的泥声，而是从泥里抽出靴子时造成瞬间的真空、空气与泥形成的气泡破裂，然后稀泥又填补了真空所发出的"呱呱呱"的声音，像是江南夏日的蛤蟆叫。

泥泞中，土路上被马车和汽车轧出的辙印则更深重巨大，它不再是冰雪上的小沟小路，而是、简直是一条又一条的河道、河床！谁能想象，在这样的路上还能开汽车、赶马车、走行人乃至骑自行车呢！有时在将干未干的这样的河道里骑自行车，脚蹬子蹬到了已干的"河岸"上，蹬起了尘土，磨坏了鞋底子……

在乌鲁木齐的一些巷子里，也有这样的泥泞河道奇观。所以当20世纪70年代初期，乌鲁木齐提出"出大力流大汗，定叫马路见青天"的口号，清除淤泥，露出巷子里的柏油路面。那时，

112

我简直不相信自己的眼睛。我从来没有想到这厚实的泥泞下面，竟沉睡着沥青路面！我从没想过，这些巷子竟修过柏油路。

"这是怎么回事？"我迷惑了。

"有拆修房屋的，把老房土老墙土倾倒在路上，这样，就把路面盖上了。""老新疆"如是回答。

是吗？我仍然觉得难以置信。有了好路却又莫名其妙地把它掩盖起来，那怎么可能呢？

见到北京上海等大城市里那些养尊处优的青年的时候，我禁不住想：让他们去新疆见识见识吧，哪怕只见识一下四月泥泞，他们就会懂得建设的不易，走路的不易，管理的不易，春天的不易，一切不易的不易了。艰难，这不正是我们每个人的必修课吗？泥泞，这不正是通向日暖风和的盛春与初夏的必由之路吗？这些大城市的孩子们未免活得太轻松太舒服了，他们上哪里了解"国情"去？上哪里结合实际去？如此这般，不知道这样想是否也有点"红眼病"的前兆。

据说现在已经没有这么多泥泞了。乌鲁木齐各单位承包门前的道路，不令雪积，不令冰就，到了化雪天气无雪可化，也就无泥可泞了。至于伊犁，像阿合买提江路之类的大土路，早已铺上了沥青路面，即使翻浆也成不了条条大河的河道了。乡下的土路呢？该是依旧吧？高轮牛车（二轱辘）可能正是为了适应泥泞的与多渠道的路面而制造出来的，如果车轱辘小一点，陷入没入泥中渠中，不就更麻烦了吗？农村，世界上正因为有农村，怀旧的温馨才有所寄寓，岁月的无情的冲刷之中才保留了几个安全的小平台。真没了泥泞，还能算新疆的春天吗？

而不论大的泥泞也罢，愈益减少的泥泞也罢，经过了化雪季节，新疆的盛春初夏是极为美妙的。待到百花盛开树叶纷披的时候，待到过五一国际劳动节的时候，不论有过多么吓人的泥泞，一点影子也不会留下了。一切都会变得清清爽爽，利利落落。到那时候你向一个外地人介绍乌鲁木齐或者伊犁的四月泥泞，说不定他以为你是在危言耸听或者"踩乎"边疆呢。

在公路上

新疆生活十六年，有过多次上路的经验。新疆大，一出差就要坐长途公共汽车，三天五天直至十天八天。公路上的生活，成为新疆生活的一个重要组成部分。

我还记得1964年从麦盖提县搭运粮车去喀什噶尔的情景。9月的白昼，沿塔克拉玛干大沙漠行进还是觉得很炎热，太阳一落就又觉出冷来了。司机决定开夜车，把三天的路程并成一天一夜。从上午开到午夜两三点，司机实在累得受不了了，便把车一停，人钻到车下面倒头便睡。不知道这个铺位的选择是不是为了挡风，看起来可有点惊心动魄——车一滑动，可怎么办？

立即传出了师傅的鼾声。我可没有那么大本事，迷迷糊糊，哆哆嗦嗦（冷得，不是怕得），心想来新疆可真不白来。北京那些朋友们，做梦也想不到我这伟大粗犷的经验吧。生活，可不只是大城市那点事呢。

在我脑海里，贮存着多次旅行于乌鲁木齐——伊犁之间的记忆。对乌伊公路，我几乎可以说是如数家珍。车过昌吉，"巍峨的"水塔似乎是乌鲁木齐派出来迎送宾客的标兵。呼图壁的发射台，庄严林立。玛纳斯的地名与柯尔克孜的史诗中的主人公相同。石河子的林带永远高唱屯垦戍边的颂歌。一边通向油城独山子，一边通向兵团农七师师部所在地奎屯的指路牌开阔着你的胸怀，展现着新疆的辽阔。精河治沙的名声和精河西瓜的名声同样流传遐迩……然后就是五台了，这是真正的交通重镇，是古代驿站的扩大和改善。四面环山，中间都是旅店，好一个险要的去处！

天色不明我们就从五台动身，一个多小时以后才到达柯克塔拉——蓝色（绿色？）的田野。下车，吃早餐，然后汽车上爬，如牛负重。赛里木湖——三台海子——到了。经过了漫漫沙石戈壁，这清澈的碧蓝的高山湖泊给人以"此湖只应天上有，人间哪得见几回"的感受。果子沟，芦草沟，清水河子，水定（后并入霍城），五〇农场，巴彦岱，伊犁到了。

我尤其忘不了自喀什通塔什库尔干的国防公路。道路缠绕在山边，巨石悬挂在头上，公路是硬从山腰里挖出来的，掏空了下部却炸不净山顶，危石悬空，陡崖欲坠，迂回盘旋，险路倍增豪情。生活是严峻的，道路是惊险的，驾驶是艰难的。还是收起来那小儿科的一帆风顺的幻想吧。

即使修好了一级路面，也仍然常常抵挡不住山洪和泥石流的冲刷、塌方的蒙头盖顶以及春季解冻时期的泥泞翻浆。路被搞坏了怎么办？再修就是了。修好了车照样开，修不好转便道也要行车。经过一个海拔近四千米的龙头（水源），维语叫作苏巴什，再一个苏巴什，我亲爱的宁静峭拔的塔什库尔干到了，帕米尔旅馆到了，边境口岸红其拉甫到了。

在新疆，比在任何地方都更能感觉到交通厅的重要和无处不在。在新疆，比在任何地方都更能体会到司机师傅的权威与辛苦。离开了新疆，不免常常想起在那里的公路上行进的滋味，也包括汽车在路上出了故障——新疆人一般称作"抛锚"——的滋味。即使有了更好更快的空中交通条件也罢，公路，地面上的交通仍然是无可替代的，公路旅行更能获得见闻。公路上，人们更加同舟共济，一心向前。公路上，总好像有一个目标在催促你：赶紧，别误了车，遵守时间！而不论路程多么漫长，目的地总不会太远。

春满吐鲁番

哪一个不曾欢跃地迎接过春天？哪一个不曾为春天的到来而感到熨帖心灵的欣喜？但是，让我这样说吧，我还没有见过，没有见过像今年吐鲁番的春天这样饱满、这样温煦、这样闪耀着无尽的生机的春天。

宜人最是春早

苏公塔渐被遮住，一排圆拱屋顶闪露了出来。运肥大车的挽马摇鬃长嘶，像对我们表示欢迎似的。田间整地的社员，此起彼落地挥舞着砍土镘。我们的车子颠簸着驶入县城北门，刚过银行大楼，就被修路的人群阻住了。司机一边倒车，一边赞叹说："这路修得真快！"

好红火的修路工地！白发、红颜、职工、农民、干部、学生，各族人民聚在这里。拆城墙的拆城墙，刨树根的刨树根，赶驴车的打着唿哨，挖植树沟的弓着脊背。他们掀起了漫天灰土，厚重的沙尘中显出一张张质朴的笑脸与一双双放光的眼睛。路旁渠水上浮游的鸭子，凝然地歪着雪白的脖颈，呆望着这一切，似乎在寻思为什么今年的春天是如此的不平静。

春节才过，在乌鲁木齐登车的时候还冷得不住地跺脚，下车的时候却是汗水涔涔了。尘土和着汗水，在我们的脸上印下了春的痕迹。同行者说，这十多米宽的干路将铺上水泥，从此就不会有尘土的威胁了。

步出东门，一路上毛驴来往穿行。有一头驴驮着三个巴郎子，后面的攀着前面的肩，混在一起的笑闹声透露出童年的欢乐。一个戴着可可色大头巾，穿着玫瑰色裙子的维吾尔族妇女，停在一家民居门口，下了驴背，用清脆的嗓音向人问好。原来，那家女主人正在街旁铺着线毯，曝晒积存的粮米。阳光灿烂，玩跳房子的小姑娘有的打着赤脚。宅旁是汩汩的流水，渠岸的小草儿已经逗人喜欢地绿了。果然，春风早度吐鲁番！

当晚，周末晚会的舞台上，也是一派春色。人们自编自演，载歌载舞，欢唱丰收，欢唱修路，欢唱去年冬天掀起的全面规划建设。县一中教师们表演的活报剧，尽情幻想着几年后吐鲁番的新面貌。剧的结尾，演员回到了当前，用维汉两种语言鼓励正在为实现这个不远的远景而辛勤劳动的观众，并且表扬了带头参加劳动的领导干部。台上和台下笑声和掌声交融一片，那热劲儿，那响声，简直要把这座小小的礼堂抬起来。

礼堂是春节前夕刚刚翻修完工的，可容三四百人，这晚上却到了千人左右，窗台上，墙壁边，柱子上，都紧紧地贴满了观众，大门口还挤满渴望看节目的人群。我还从来没有参加过这样拥挤的晚会，虽然坐得不舒服，秩序难免紊乱，却是那样盛况空前，充溢着腾腾的热气。

我们是到吐鲁番寻春来的，不待"寻"，春光已自四方八面扑来，令人应接不暇了。

道路通向新的高潮

第二天，我们到五星公社去。在公社管理委员会门口，放着许多崭新的木牌子，白漆油亮油亮，散发出一种使人联想起新建筑的兴旺的气息。木牌上画着各种符号，写着"岔路""桥梁""时速限制""鸣笛"等字样。这是社员们自动赶制的路标，他们要把心爱的新道路装备得齐全完美，像个正规的国家公路

120

的样子。

多少年来，"农村"这个词儿总是一下子就使人想起坎坷蜿蜒的小路、高低散乱的田块和横七竖八的房屋。小农经济嘛，谈得上半点有计划地建设？如今，阶级关系、生产关系有了地覆天翻的变化，战胜灾荒之后生产连年发展，又取得了社会主义教育运动的胜利，人们迫切要求改变旧有的落后的农村面貌。去年，有些社员去石河子参观了新疆建设兵团农八师的规划建设，那种现代化的社会主义大农业的面貌，使他们深深地羡慕和激动。秋后，有些生产队便修起路来。自治区党委和吐鲁番县委领导根据群众的要求和生产发展的形势，派来了技术人员，开始了全面的规划，包括丰产条田、新居民点、防护林带、排灌渠系、田间路网……修道路，便是第一个战役。祖祖辈辈走惯了的狭窄弯曲的小道，将要被宽广平直的大路所替代，农村的面貌，从此要大变了。

我们到达的时候，修路工程接近收尾，第二个战役——植树和修条田已经开始。但是，人们仍然喜欢回忆1月份大修道路的情景。参加了县里和公社里的规划训练班，听了传达，干部和社员都兴奋地说："这回，可知道社会主义的农村是什么样子了。"于是，五千人聚集起来，战胜了严寒冻土，用短短的二十天时间修起了五十几公里路，搭起了许多坚固的木桥。过去，维吾尔族谚语说"火是冬天的花朵"，修路的社员创造了新的谚语"火种就在人的身上，劳动才能使花朵盛开"。不是吗？数九寒天，十几岁的少年人穿着单衣干活，却仍是热汗淋淋，妇女们把孩子托付给临时托儿所，踊跃地投入了这个热潮，她们的衣着虽然比较讲究，干起活来却是一样泼辣，鲜艳的头巾与多彩的绸裙，正是冬日苦战中缤纷的花朵。雅尔湖一对70多岁的老夫妇，特意走了十几公里来看新路新桥，看着看着脱掉了外衣，抡起砍土镘和大伙儿一道干起来了。幸福大队高龄的依拉洪老汉，坚决要求分给他四十米的任务，怎么劝也劝不住。有三个留在村里积肥的小伙子，要求参加修路没被批准，哥儿仨一合计，就在收工晚饭以后到工地，趁着月光，一晚上修了十几米。

他们给新修的路起上动听的名字："光明路""幸福路""高潮路"……并统称之为"社会主义的路"。正是"社会主义的路"，才无比地吸引着四面八方的男女老幼。当碰到地形障碍或房屋的阻挡时，技术员计划绕个弯子，社员群众却不答应，他们宁可多挖、多抬几十方冻土，多拉几车沙石，甚至搬移房屋，也要把路修平、修直、修科学、修理想。他们的道理简单而又明确："因为这是社会主义的路嘛。"

路修好了，人们走在笔直的新路上高兴地唱起歌，跳起舞。有的老乡收工很长时间了，还久久地躺在新完成的便桥上，舍不得走。上游大队的吾斯曼，清早去淘坎儿井的时候还走的旧路，傍晚收工，大路已经畅通，他快活地沿着新路大步向前走啊，走啊，一直走过了自己的家门，一直走出去很远很远……回家以后，他兴奋地编了好几首诗。

是的，这不是普通的路，它的修建，是战胜各种困难和阻碍的硕果，是人民公社不断发展和壮大的一个象征，是新的生产建设高潮到来的先声，各族人民正昂首阔步，行进在自己建造的新道路上。

在阿尤布老人家里

许多次，吐鲁番的人们不无遗憾地对我们说："你们来得有点不是时候，花没有开，瓜没有熟，葡萄还没有结果啊！"

我们呢，感谢他们的关切，但也觉得，人们待客的热情和田园生产的繁忙景象，比什么都甜，比什么都好看。

从公社到五星大队，我们在沙石均匀的弧形路面上行走，只觉得足下生风，春光正好。透过春灌后田野上的氤氲，可以看见马拉播种机在播春麦，撒播改成条播，今年将大幅度增产。是谁咚咚地敲响了小鼓？呵，冬眠的青蛙苏醒了，在展阔改直了的渠道里，它们可嬉游得更舒畅些？赶大车的把式为什么这样高高扬鞭，威风凛凛？呵，自古以来的铁钉高轮换下了，替代它的是上海造的胶皮轱辘，新路嘛，就要有新的速度！还有更快的呢，一辆辆卡车驶过，拉的是化肥和树苗子……

靠近书声琅琅的学校，住着五星大队的贫下中农委员会主任阿尤布老人。在那儿，我们度过了难忘的一下午。

老人78岁了，满脸满手细密如网的皱纹里，不知刻印着往年的多少辛酸，微驼的脊背上，曾经承担过旧日的无限凄苦。在公社展览馆里我们看到过他的家史，他为地主扛了五十七年活，妻子被地主折磨死了，十个孩子，有九个在饥饿和疾病中死去。

现在呢，他住在过去属于地主的房子里，宽阔的前廊，石阶下流着清澈的渠水，母鸡勤快地啄食，白羊舒适地嚼草，满院的桑杏即将抽芽……

虽然我们是头一次见面，老人却像见到了久别的老朋友一样，用颤抖的双手紧紧握住我们的手不放，他激动地告诉我们，肉孜节那天，县委李书记和其他领导同志来看望他，碰巧他去马号照料牲畜，没能见着。于是他带上干粮，步行到县里给县委领导人回拜。李书记要派车子送他，他却执意走了回来。

他说，穿惯了的牛皮窝子晒不得，旧日的苦难忘不得。过去当地主少爷把玩够了的、沾满屎尿鼻涕的残羹剩馕抛给他当饭吃的时候，他不止一次地问"胡大"，究竟哪一天，才会出现一个公道的世界啊？

就是今天，就是现在！老人的整个心怀，向着新社会。去年，他出席了自治区团代会，给全体代表忆旧社会的苦，思社会主义的甜。他也常去学校给孩子们讲话，他告诉下一代，他现在每天做三次"乃马孜"（礼拜），一愿孩子们好好学习，二愿他们长大了当解放军保卫祖国，三愿他们永远听毛主席的话，事事听毛主席的话。

老人用关内常见的铜嘴烟袋锅吸着莫合烟，熟练地交替使用着维汉两种语言。说到地富等阶级敌人怎样仇恨他，他骄傲地笑了。他说，小树容易被风拔起，那是因为根子浅，共产党和毛主席，是把根子扎在无数贫苦的劳动人民当中的，这样的大树，怕什么妖风邪雨？而他，跟着共产党和毛主席走，还有什么可怕的呢？他说起他去乌鲁木齐的印象，说他眼下最大的心愿是去北京看看毛主席老人家，当说到"毛主席"三个字的时候，泪水在他眼眶里闪烁。他还说到他怎样保持艰苦朴素储蓄了两千多块钱，又在社员有困难的时候全部借给了二十四户人家，他又说到这个冬春他们全家老小怎样为集体积肥，还说……

在他的胸膛里，装满了说不完的话。虽然他没有忘记吩咐儿媳阶前取水，煮茶待客，却一刻也没有停止他的倾诉。这是一般的应客言语么？不。经历了大半个世纪的凌辱，受尽人间凄苦的老人，在他的晚年过起幸福温暖的生活，眼前展示了无限美好的前景，他那如火如潮的万端感慨，是几天几夜也诉不完、吐不尽的啊！

最使老人眉飞色舞的话题，还是去年参观石河子的印象。"兵团的农场好得很，路宽宽的，林带直直的，房屋齐齐的……"老人从炕上站起，做着手势，流露出无限向往。接着他便问我们："新修的路看了没有？桥看了没有？植树沟看了没有？"他高兴地说："咱们公社，也要建设成那个样子！"

他三次、四次、五次地用维语汉语告诉我们："现在，我是一岁，全国劳动人民都是一岁。"这话初听有些费解，继而我们明白了他的意思，旧时代的梦魇一样的日子永远埋葬了，劳动人民的世界，不是刚刚开始么，劳动人民的春天，不是刚刚开始么？

送我们出村的时候，老人以矫捷的步伐去村口医院看望他收养的一个残疾孤儿。他就是这样全身心地浸透了对公社、对阶级兄弟的爱和责任心，这个个子不高、微微驼背的老汉，正是顶天立地的新世界的主人啊！

赞规划队

吐鲁番的各族人民，在党的领导下创造着最美的春色，这里，也包含着汉族技术干部的劳绩。

在吐鲁番，我们三次去访问规划队。接受了教训，一次比一次去得晚，结果每一次都还有人忙碌在田间没有回来。茶水在火炉上沸滚，会计姑娘一再地温热她亲手做的鱼羹。技术员陆续回来了，满身尘土，满脸笑意。他们摸着黑，走了十几公里。这时边吃饭边谈着一天的劳动，有的叙述维吾尔族老农对自己是多么热情，款待以最好的甜瓜蜂蜜，有的形容社员的惊人干劲："我们在前边放线，回头一看，不得了，生产队抢着砍土镘攻上来了。施工的催着放线的，放线的催着制图的，可真叫热乎！"于是，大家都笑了。对于一个技术人员来说，有什么比这更幸福？

也有的刚端起碗，维吾尔族同志来访了，于是放下筷子去迎接。有的默默不语，嘴里嚼着馍，眼睛却眨也不眨地盯着技术资料。有的念念有词学维语，吃一口，背一遍"塔马科耶"（维语：吃饭），就这样，紧张而活泼，直到深夜。

　　我和他们是在田头上相遇的，最初还以为他们是哪儿来的电工呢，黝黑的皮肤，粗壮的身躯，褪色的短外衣与沾满泥巴的靴子。他们手拿着水平仪、标杆，怀里夹着大卷图纸——条田的设计。按图纸整田地，多科学！规划队蓝图的实现，将是农业面貌怎样的飞跃！我们的规划队员严肃专注地对照图纸，测高测距，耐心和悦地与公社干部、社员商谈问题。而他们之间呢，却时时迸发着激烈的争论：土地利用怎样才更经济，林带布局怎样才更合理，灌溉效益怎样才更能充分发挥。一切的一切，总是千斟万酌，不许有毫厘的差失，对国家、对公社、对民族兄弟负责，便是他们的最高法律。

　　他们来自天南海北，江苏、浙江、河北以至黑龙江，谁也不把自己的小家放在心上。当问起他们的家事的时候，他们自豪地说："哪儿农业还没有实现现代化，哪儿就是我们的家。"

　　就是。当一个地方建设得初具规模的时候，他们就该背起行

128

装，转移阵地，开始又一次新的进军了。

在农业技术推广站，在水利局和水利工地，在林业站……到处都有同样的年轻的技术干部。他们的工作体现着党的关怀和汉族人民对于兄弟民族的深情厚谊，他们是农业建设的尖兵。允许我记下这蹩脚的诗，作为对他们的敬意和赞美吧：

塞外风云塞外沙，男儿报国走天涯。
匠心巧运千村美，慧手勤植万树花。
漫漫征尘欺袂履，扬扬神采焕眉颊。
留得春在山河笑，四野勤劳处处家。

塔尔郎沟战正酣

今年，五星公社以至吐鲁番全县，最大的农业工程要算塔尔郎沟大渠的兴建了，如果说吐鲁番弥漫着春意，塔尔郎沟便是春天里的春天。

我乘供销社送货的便车到塔尔郎沟去。从县城到塔尔郎，要穿过五十公里的戈壁。五十公里，在新疆是个渺小的使人发笑的数字。但是，坐在高高的货堆上，迎着疾风，这灰蒙蒙的戈壁缓缓起伏，似海连天，仍给我这个初进新疆的人强烈的印象。面对着这开阔而沉默的荒野，我忆起了儿时所读的童话。我多么渴望有那么一个英雄，给它以神勇的一击，于是，魔法消除，这黄沙顽石都苏醒了，复活了，原来，这里正是人间的乐土。

英雄何在？公社！神勇的一击是什么？水！

正是水。在吐鲁番，水等于一切。这里，有全疆最长的无霜期，有全国最足的日照，有取之不尽的硝肥，有开垦不完的耕地。但是因为缺水，现在有的公社只种着三分之一的已垦熟地。这里终年无雪雨，农事、畜牧、人的生活，全靠坎儿井和渠道，连合围的大树，忘了浇水都会死去。有多少水，便可以种多少地，栽多少瓜果树木，养多少牛羊，出现多少繁荣。

天山上的雪水多得很！多少代了，人们梦想着把雪水引到田里。塔尔郎渠的兴建，正是这一共同愿望的实现。渠的设计流量是每秒十二立方米，超过目前全县坎儿井流量的总和（自然它不像坎儿井那样四季长流，流量稳定），可以扩耕土地五万亩，占目前全县耕种面积六分之一弱。昔日的豪杰能把东风"借"来，今天的英雄就要把高山的雪水"借"下。

当然也有困难：修这样一条渠，要使旧河改道，要炸掉戈壁

130

陡坎，还要穿涵洞过铁道，架渡桥越公路。经过几年的酝酿与准备，从去年11月，以五星公社为主，联合葡萄、红旗二社，来到这里，开始了艰巨的战斗。

国家调运了石灰、木料、卡车支援他们。铁道部门更是发挥了工农联盟与民族团结的精神，把养路工区的住房大半让给他们，宁愿使自己的办公室也住上家属，或者两家家属并在一间屋里。工地的工程和生活用水，也全靠倒班的火车司机牺牲休息时间挂单机运送。但是，修这三十多公里长、全部卵石砌浆的大渠，主要是靠公社自己的财力劳力，靠社员的冲天干劲。在县里，我已经听到风传的塔尔郎民工的事迹，许多人起五更、睡半夜，假日也不休息，在那儿，超过定额两倍完成任务已成为平平常常的事情……

我多么希望看一看这夺水的大战！汽车转了几个弯，开始爬一个个的陡坡。"咻咻"的汽车哮喘声中，首先看到的是平地升起的一道道炊烟，地窝子里正在烧饭。戈壁滩上的炊烟，让人觉得多么亲切温暖。轻烟中，出现了来往运输的大车、毛驴和古老而又年轻的骆驼。"轰"的一声，一次爆破，硝烟中我看到迤逦的"散兵线"，两千多人，排成一字长蛇阵，运土砌石……

如果说江南水乡的插秧引起牧歌般的情趣，如果说激流运木的场面万般惊险紧张，那么戈壁荒滩上的水利工程就给我一种庄严、崇高的感染……

　　但是，请你再走近一点，请你与民工们拉拉话，请你和他们一齐干点活，你就会发现，苦干绝不意味着愁眉苦脸。在这里响彻着平凡而又喜悦的调子。那些分组接力赛似的铲土的小伙子，每一锨都铲得那样满，扔得那样远，兴致勃勃，活像天真的竞技。那个维吾尔青年就更绝：戴着喀什花帽，一个人捡着足球大的石块，掷铅球似的砸向已经裂了缝的沙石陡坎，果然，不一会儿，在石块的冲击下，大片沙石坍塌下来。还有砌渠底的活儿，绣花般细致：每一块石头都必须和其余六块交错，这样才结实，拽不出来；而渠底必须砌成圆心角七十七度二十分的弧，错一点技术员就让你返工。背石头的人弓腰弯背，承担着一二百斤的重量，却唱起了动人的劳动号子。

　　什么劳动号子？"嗨哟哼，嗨哟哼……"还有苏北的方言小曲。我正在惊奇，他们走过来主动打招呼了，他们是江苏省的支边青年，和维、回兄弟共同劳动在戈壁滩上。他们中间的姚仁元小队，创造了每人每天挖土八立方米的高纪录，超过定额四倍，带动了全体。

静是人生
必备的
定力

工地上的生活条件是艰苦的，大家睡在狭窄低矮的地窝子里，由于运输不便，中午只能吃点干馕喝些开水。但领导上仍是尽全力改善生活：一位塔塔尔族的女医生巡回诊病，县联社与各公社都在这里设立了门市部，小小的帐篷里出售着纸烟、肥皂、葡萄干、糖果……铁道部门派来了理发师。晚上，各大队的伙房拉面条、炸油饼……

人们的心情更是舒展。我参加了五星大队的一个晚会：热烘烘的屋子里挤满了人，两个瓶子装上煤油，点上棉捻，高挂在屋顶，莫合烟发出了辣乎乎的香味。人们席地而坐围成圆圈，在听一个叫阿卜杜拉的青年演奏"弹拨儿"。一曲终了，大家鼓着掌高声呐喊，我只听得出"汉族，汉族"。哦，大家要求听一个汉族歌调。于是阿卜杜拉放下弹拨儿，拿起小提琴，用很标准的姿势拉起了电影《上甘岭》的主题歌《我的祖国》。

而后大家纷纷起立，唱着，跳起了健壮的男子舞蹈。虽然衣服上尘土还没抖落，汗水还没有揩干，但是他们跳得那么自如、那么有韵味、那么酣畅。

工地生活的光彩和欢乐，是一切小家室的微温的恬适所不能比拟的。有二十多对年轻的夫妻坚决要求来共同修渠，把娃娃也带来了。白天，孩子们在戈壁滩上游戏，他们去背石抬沙，晚上，他们带着孩子载歌载舞，欢庆一天的工程的进展，没有比这样的家庭更充实和美满的了。

全部工程要1965年才结束，现在，他们正抢在春耕大忙与洪水到来之前完成渠首与防洪堤工程。县委的计划是，今年就先引部分水到公社的田地果园里，到村庄里。这样，既有长远的目标，又是当年见成绩。人们热切地盼望着迎接天山的雪水。青年雅可夫·吾守尔写了一首诗，可惜，原稿不在了，据其大意，编写如下：

> 塔尔郎沟的水渠啊，
> 你是打开幸福的钥匙，
> 不等把你修好，
> 我绝不离开工地。
> 等着乡亲的愿望实现了，
> 天山的雪水引下来了，
> 给我一块小木板吧，
> 我的心爱的木筏子，
> 我要乘坐着你，
> 让渠水把我送回家里。

静是人生
必备的
定力

入夜，我披着老羊皮大衣，躺在帆布床上，长久不能入睡，只觉得周身热血沸腾。直到天将破晓，送水的火车来了，传来了急促的机车的喘气声、摩擦声，同时响起了高入云霄的汽笛声……

我们在吐鲁番只待了短短的十几天。短短的十几天，就使人耳目豁朗，意志奋发，精神抖擞，好比经受了一次春天的洗礼。各族人民在党的领导下，用勤劳的双手所缔造的春光是无限的。我们看到的只是一小部分。不是么，与塔尔郎水渠堪称姐妹的，艾丁湖公社的大草湖渠道工程也正在顺利进行。葡萄沟水电站第二期工程即将开始。在火焰山公社，有七百多名社员吃在地里，住在地里，分秒必争地适时种麦。他们公社的春风大队新扩建的五百亩葡萄园，也已经动工……

人们爱把燕子当作春天的象征。吐鲁番有没有燕子，我可不知道。但是，我从来没有见过像吐鲁番这儿这样多的小鸟。在县人民委员会的院子里，有六株杨树。临别那天我去县人委，只见每一株杨树的每根枝梢上，都站着一只鸟，还有些找不到栖止地方的鸟儿来回飞着。几百只鸟迎着和风，沐着阳光歌唱春天，那就不仅轻巧明丽，而且很有些奔腾喧闹的气势了。我久久地欣赏着这群鸟鸣春的情景，思索着十多天来吐鲁番的印象。如果说，一只燕子就可以预告春天的到来，那么，今天的吐鲁番，报春的便是百只、千只、无数只鸟儿。春天在哪里？在五星照耀的"社会主义大道"上，在塔尔郎战役的硝烟里，在规划队的蓝图里，在阿尤布老人的新的"乃马孜"里，在戈壁滩上的江南劳动号子里，在每一个抢着砍土镘，骑着毛驴，在田头上，在地窝子里的维、回、汉族社员的眼睛里、微笑里和心窝里。这是什么样的春天啊！人人关切着、期待着和创造着的新的生产建设的高潮，到来了！

静是人生
必备的
定力

风中的五星红旗

5月16日上午，我在首都机场的候机室等待登机去哈尔滨，这时接到电话通知，说是18日有文化界的大型募捐活动。我决定，退机票，参加再次捐款。

18日晚上救灾募捐，午夜才回来。第二天五点多起床，打开电视，正是天安门广场的升旗仪式，如往常，庄严郑重，国歌奏响，五星红旗冉冉升起，然而国旗升至了旗杆顶端并没有完，五星红旗悲哀至极、沉痛已极地徐徐降下，成为半旗了。

罕见的半旗，在晨风中摇曳。在风中颤动。

在国旗下降的一刹那，我战栗了，我几乎哭出声来。

然后是新华门前的五星红旗，上演了相同的一幕。

我们的五星红旗，是烈士的鲜血染成的红色，是国家的政体象征于一颗大星与四颗小星，如歌声中唱出的："五星红旗，你是我的骄傲，五星红旗，我为你自豪！"

骄傲的五星红旗，崇高的五星红旗，你怎么能轻易言悲，你怎么能轻易垂下你的高贵的头颅？

我的第一个反应是：国旗哭了，人民哭了，我自己也哭了。

所以它降下来了一半，为了汶川的天塌地陷，为了离去的同胞——父老亲人孩子，为了国家的基础——人民，为了生命的珍贵与尊严，为了中华民族的多灾多难！

这一天下午2时28分，人人肃立默哀，汽笛长鸣，半旗颤抖。悲痛与决心使十三亿人凝聚成为一个共同的生命。

政治是重要的，因为它以人为本以民为本。国家是高于一切的，也因为它凝聚着保护着服务着人民。革命是伟大的，因为它的唯一追求是人民的千秋万代的幸福。国旗是我们的，因为它凝聚着全体中国人的感情、意志和信念，它与你我，与大家的祸福喜悲相关相连。

静是人生
必备的
定力

五星红旗为受灾死难的人民志哀。五星红旗为人民的苦难而流泪。人民，所以人民为五星红旗的荣誉与光辉不惜献出生命。

我们感受到了国殇的大哀，也感受到了五星红旗的大恸。哀兵必胜，民气可用，人心如虹，多难兴邦！让我们与五星红旗一起为我们遭受的痛苦与永久别离而热泪如注吧，它是我们的力量的积蓄，是新的跨越前的准备，也是对于生命、对于死难者的最大敬意和永远的怀念！

经历了这一切，回答了这一切，我们仍然挺起了胸膛，仍然是，必然是：

五星红旗迎风飘扬，胜利歌声多么响亮！

第五章

旧事与新篇

静是人生
必备的
定力

也许，树叶们盼着的便正是在长过、绿过、
鲜过、红过和黄过之后，在接受了一年的清
风、阳光和雨水之后落到那宽广厚重的大地上
来吧？

爆炸的春天

　　我1987年与1994年两次访问东邻日本，两次都是在错过了樱花盛开时分的4月中旬。第一次为了看一眼樱花还去了一趟仙台。当然，仙台是鲁迅先生当年求学的地方，那里有鲁迅公园、鲁迅胸像，本来也应该去的。第二次为了看樱花去了一趟东京的郊区小诸。而此次是3月中旬到的日本，预计是赶不上樱花盛开季节的。我还真的叹息自己命中注定与盛开的樱花失之交臂，不是早了就是晚了呢，谁知道今年日本本州也与中国的北方一样——冬暖，在我们到达东京的第二天，就在皇宫附近看到了三株早开的樱花啦，我们在那里留了影。

　　后来又在新宿的御苑看到了早开的樱花。像中国的"春江水暖鸭先知"一样，在日本大概应该说是春山风暖樱先知啦。什么事都是有先有后的，早开的樱花引起了人们的惊喜，却也显得有点寂寞与孤独。

而等到从北海道再回到东京，住到了成田，却是千树万树春光好，樱花大开又特开了。

我这次得到了就近欣赏樱花的机会。花色略如桃花，花瓣更大更开放，黑色的树干树枝，巨大的树冠，花的规模也远胜桃花。尤其一株株大树连成一片，更是全面地灿烂，全面地飞扬，铺天盖地的云霞，汹涌澎湃的春光啦。怎么会有这样的风景，这样的春天？转瞬间春意浓烈得如醉如痴，如歌如舞，如海如潮，如火如荼。日本的春天就这样在樱花的盛开中爆炸了。不过一周左右，这个春花怒放的季节便匆匆过去了。

而日本人对樱花的狂热，带有一种民族感情的燃烧性质。一到春天，各种媒体就报道樱花的信息，把樱花的开放与凋谢当作全民大事来看。盛开是感人的，更感人的是樱花的凋谢，1994年那次，我们赶到了小诸，赶上的也只有落樱。落樱，正如"浅草""新绿"一样，是日本人对汉字的巧妙组合与运用。当我们看到一家一家日本人在樱树下铺上地毯，喝着啤酒清酒，吃着野外烧烤，唱着令人凄然泪下的歌曲，且哭且笑且舞，同时沐浴着像雨点一样、像雪花一样从头顶上大片大片下落的樱花的时候，

静是人生
必备的
定力

我是深深地被感动了。这是多么深厚地对季节推移的感应，这是多么深厚地对树木花草的眷恋，这里也许还包含着对人生无常万物无常的悲哀，也还包含着对樱花的开便爆炸般瞬息开放、落便大雨般瞬间凋零的性格——这也是日本人引以为自豪的民族性格——悲剧性的赞美。

我也沐浴在落樱中了，我更沐浴在那么多日本人对落樱的眷恋与悲歌中。我想起了黛玉葬花，而日本的男女林黛玉们更普遍更群体更壮观也更达观些。

日本是个岛国，精致却又显得局促。日本人是认真工作的民族，一丝不苟，精益求精。日本人的礼貌约束着一些人不能开门见山，直抒胸臆。而日本的文化中，又有着太明显的来自中国或者来自欧洲的印迹。所有这些会不会成为一种无形的压抑，成为一种力比多的情意结呢？幸亏有一个樱花，日本终于还是日本，日本的春天便是最有味道的春天，耽于工作，耽于礼节与计算的患得患失的日本人也得到了一个哭哭笑笑唱唱跳跳的机会，甚至，在樱花上日本人凝聚起来了，独特起来了，深沉起来了。我不能否认，在看过了樱花的盛开与谢落以后，大大增加了我对日本国土、国民与文化的好感。一个能够为花而动情的民族就像一个动情如花的人一样，叫别人觉得亲近一些了。

旧事与新篇

我到国外访问，一般是持观光者、漫游者、访问者、交流者、游学者、探求者，或者说得媚俗一点叫作充电者的心态。喜其美，惊其异，叹其怪，觅其根，寻其由，找到了不同的角度不同的观点与相同的困扰；于是得知识，得见闻，得启示，得刺激，得补充，得新的体验；于是开阔胸臆，拓宽心智，畅游五洲，感受大千，喜而赞曰：大风起兮，云飞扬，岂可鼠目兮，耽寸光！与时俱进兮，歌徜徉！

三次去日本都是这样，高楼大厦，鳞次栉比（这是我过去最不喜的一个短语），灯红酒绿，熙熙攘攘，光光溜溜，客客气气，精精细细，舒舒服服……都是我所感兴趣的。

然而不同，每次赴日都有那么几回，使我突然回忆起了童年，使我的白相之旅触动了旧事，使我的某一根心弦鸣响起来，又亲切，又凄凉，又暗淡，又遥远，又严峻，又悲伤：以为早已过去了，却原来仍然是心里的一个大疙瘩，也许还是一块病。

　　每天听到的"奥啊哟果砸依麻斯""多模，阿里嘎多果砸依麻斯他"，使我想起了小学时期的日语课，我的幼儿园（那时叫幼稚园）与小学阶段都是在日本侵略军的占领下度过的，每所小学都有一个日本教官。有一次日本教官在全校朝会上大发雷霆，作威作福。回到班上中国老师很愤怒，就在黑板上写了"亡国奴"与"没骨头"六个字。可惜当时我年纪太小（6周岁左右），六个字里的斑斑血泪我还不懂得。我也记得这个日本教官一次在日语课上在黑板上写了"山本"两个大字，讲述日本海军司令山本五十六的阵亡。也是这个教官，有一次在我的日语课考试卷子上给分偏低，我找他提出抗议，他问我"你认为应该给多少分"，我便随口说了一个高分，他"哈伊"一声，立即照办，将卷面改成了我所要的分数，这使我怀疑了自己的高分的价值，也怀疑了自己找上门去索要高分的正当性。我还记得当年用日语排一个儿童话剧的情形，我们后来演出了。从我个人来说这实在不高明，说明我的爱国主义觉悟太低，但是我曾经认认真真地学过日语却是千真万确的。小学五年级最后一课日语课文的标题是《中日满亲善合作》，由于全班同学一致抵制，把一个课堂哄成了一锅粥，这节课硬是没有上成。这是聊可自慰的爱国行为吧。而在1945年8月后,我也已经跳班升入了中学,未满11岁的我才悟到学日语是被强迫,是屈辱,是不堪回首的旧事,今后再不要学日语啦。我也尽可能地自觉地把它忘到一边去了。

这次去日本,为了表达友好,我特意准备了三分钟的日语讲稿,到这时候又想,当年继续把日语学下来就好了。不但是平假名,现在连片假名也认不全了,我只好用汉语拼音将读音注上,还好,我还能比较正确地发日语的音,毕竟有童子功在呀。而这一切更使我想起了许多旧事。

见到某些日本词语甚至见到日本仁丹(当年先是叫人丹)广告,我就想起了那时的"治安强化运动"与北京各个城门洞下的荷枪实弹的凶神恶煞般的占领军,以及我吃过的难以下咽的专门给中国人吃的混合面。

见到相对行鞠躬礼的日本友人,我也想起当年就住在我们的胡同里的日本平民或日军家属。他们中的多数人在城市街道上还是彬彬有礼的,没有给我这个孩子什么特别恶劣的印象。有些日本男人夏天穿的衣服太少,走在大街上令中国女性深感不自在,不知道这里头是否也反映了占领者对于被占领国的人民的不尊重。那时候"话匣子"（收音机）还是奢侈品，有几家日本人家里有，我放学时经过一家日本人的窗口，有时会听到广播声，这使我十分好奇也十分惊叹，我会短暂地停留一会儿，听听广播。我也还记得日本无条件投降后这些胡同里的日本人仓皇离去的情景，他们极为廉价地卖掉了家用物品，急急如丧家犬般地回国走了，善良的北京百姓甚至有点可怜他们。在此次访日抵北海道招待会上，一位出生于北京的日本人说起了他的家庭战败后狼狈逃走的惨状，并说："这其实是理所当然的。"他的实事求是的态度倒是令我一惊。当然，他是对的。

还有《朝日新闻》上的"昭和"纪元，还有从"大东亚战争"到"保卫东亚战争"的说辞的改变，还有日军"玉碎"和"神风突击队"（这开了自杀式攻击的先河）的报道，还有"华北政务委员会"的日伪机构名称……

经过革命，经过新中国，经过学习苏联、一面倒与反修防修，又经过抗美援朝与和美国的那么多交流与摩擦，我还以为在这个世界上显然比日本更重要些的与美、苏（俄）有关的故事，早已使我忘记了与日本有关的童年诸事——即经过那么多结结实实的与意义重大的经历，这些既不光彩也没有什么内容的经历早已抛到九霄云外去了呢，谁知道，它们还在那里存着，还在那里发酵，还在那里哭泣呢。

在今春的访日期间，我梦到了我的童年。我有点伤心。

精致与包装

日本人最大的优点之一是精致。

吃日本餐，案上摆得更像是朵朵小花，各种颜色与形状的搭配经过精心设计。随着季节的更迭，更换着食品的颜色，春天则是新绿与粉红，夏日则是浓绿如黑，秋天金黄与赭黄，冬天又是雪白和透明。以至有人说不忍去吃，不愿意造成美的毁灭。中国菜和西餐也注意菜肴的造型，但象牙雕刻般做得这么小巧瑰丽、抠抠唝唝的从未见到。日餐不但考虑到食品，更考虑到餐具，一个放筷子的小支撑架，玲珑剔透；一个放几根咸菜的小盘儿，做得像是一片弯曲有致的琉璃瓦。从中国传过去的筷子，到了日本磨得圆圆的而两头又是尖尖的，像是一种玩具。喝汤的漆碗，装米饭的瓷瓮，摆调羹的瓷片，装不同的菜的各式各样的碟子以及各种小得别人不会认真观察的器皿，有的像树叶，有的像小船，有的像桥，有的像笔记本，都更像工艺品而不是实用品。

日本人一般住房并不宽裕，我去过一些高层知识分子的家庭，也少有可供五个以上客人一坐的厅室。但他们的房屋布置得也是精致至极，特别是日式的榻榻米房屋，不但一尘不染，而且赏心悦目。日本式家庭直到餐馆都要求脱鞋入室，那个脱鞋换鞋的小门厅，也布置成一个趣味盎然的小天地，有花草，有书画，有摆设，有纯装饰用的覆盖物。

有一些中日共用的器皿，但日本人做了一些改进。比如家用小陶瓷茶壶，形状如中国茶壶，但壶嘴要大得多，有的加了过滤纱罩，这就避免了倒水不畅或茶叶堵嘴。有的在小小茶壶上安装了一个柄，拿起茶壶来方便了许多。

从中我们可以看出日本人的细心与认真。我甚至要说日本人做事时以及与你商讨工作事务时那种身体前倾、表情严肃（或者干脆是没有了表情）、两眼发直，不停地"哈依哈依"的神态似乎带几分傻气，一副紧跟照办万难不辞的神态。而欧美人与你商讨事务的时候多半会歪着头，别着腿，微笑着，轻轻晃动着，目光灵动着，舒舒服服，潇潇洒洒，面部与眼睛的表情随着你的话语而不断变化，一会儿睁大眼睛，一会儿抿一抿嘴，一会儿微微

静是人生
必备的
定力

皱眉，一会儿莞尔一笑，一副虽然确是在聆听但同时在选择判断分析取舍，总之最后还是他说了算的架势。两者比较一下，很有意思。

我曾经与几个有长期在中国生活经历的日本人探讨过中日两个民族的比较。他们说，中国人的智商其实是很高的，绝对不笨。我便说是不是中国人有的做事太不认真？他们用日本人的微笑回应了我的这一反省。同时他们谦虚说，日本人的精致往往是在一些小东西上，他们缺少宏观大气的思考。就是说，与我对印度的印象恰恰相反，日本人也许太不"哲学"了？那么能不能说咱们的炎黄子孙有时候气冲斗牛却大而无当，或者用刘备评论马谡的话——我太欣赏刘备的这两句话了，所以引用过无数次——叫作言过其实，终无大用。

再一个突出的是日本物品的包装。可以说日本式的精致，尤其在包装，或者可以说日本式的包装，在于精致。如果你得到一个日本友人的礼品，那么典型的日式包装是一个深色包袱皮，一个金黄色纺织品作内包袱皮，一个纸套子，一个木盒子，再经过几道拆封的手续，拆掉了许多不忍毁弃的美丽的纸质塑料质乃至丝质木质的花饰，最后发现，里头可能是一块表，可能是一个日本人形（玩偶），可能是几块巧克力糖；但更可能是几小块蛋糕，几包袋茶，或者是几块饼干。总之，包装比礼物本身重要。包装所代表的虔敬、亲善、不厌其烦与一丝不苟，远远比礼物本身的价值（更不要说价格了）重要百倍。赠礼的程序、礼节、文明性与郑重性远远比给受礼者以物质上的利益更重要。这确实有趣。中国人的思维方式一般都会认为包装是表面、是现象、是形式、是程序，而礼品才是真货色，是实质、是内容、是目的。而且中国人多半会认定，说下大天来，里边的货色比表面重要、实质比现象重要、内容比形式重要、目的比程序重要。那么，精心包装几块饼干就是不可理解的了。

反过来说呢，人和人基本上都是一样的，从物种上说区别，所有的文化的差异、文化的冲突，不正在于程序和形式、重点和包装的区分上吗？通常所谓的内外、象质、形实的区分，果真像我们想象的那样天经地义吗？这也不妨一想。

一位法国人有个说法，说日本搞的是空心文化，即搞的都是表面的、形式的、现象的与程序的东西，到了内核，却是一无所有。这样说恐怕太过分了吧。

我也听到过一位日本教授对自身文化的批评。他强调日本的许多文化都是引进的，但引进后会有些适应日本国情的改造。例如，日本在美国的贸易压力下不得不进口美国加州大米，但加州大米黏度不够，不合日本人的口味，于是日本人发明了一些加工美国加州大米的办法，使之变得与日本大米一样黏软。这位著名的日本学者说，日本文化充其量不过是上述加工办法之类的东西罢了。

这样说说能不能满足某些中国人的自尊自傲心呢？然而，也许我们更需要自省啊。比较一下中国人的不拘小节与日本人的一丝不苟，这确是很有趣的吧。

断裂与整合

　　当新鲜的人文博士（fresh Ph.D）讨论中国社会的断裂的时候，我在杭州倒是看到了一种也许会引起争议的整合。其实断裂也好，整合也好，前提是共同的，那就是承认多样性的存在。断裂的来由是一种存在认定另一种存在不应该存在，只好与之断裂。整合的来由甚至也包含着无奈，一种存在不认为自身有能力或足够天经地义的理由消灭异质的存在，只好整合在一块儿。

　　例如，一位杭州人告诉我，新修起的雷峰塔是失败的，原因是：一、塔太胖，与六和塔靠了；二、为游人安装了滚动电梯，不古色古香了。

　　作家王旭烽告诉我，雷峰塔完全是按照文物资料上的原样修起来的，人们心目中的那个瘦塔其实是塔壁因火灾与战乱的破坏塌落后的塔心，而且不仅雷峰塔如此，包括目前俊俏地矗立在北山上的保俶塔，其瘦身形象也是根源于塔壁的剥落。至于滚动电梯，在建筑中相对比较隐蔽，至少对我与妻这样的年已古稀者，似不显多余。

雷峰塔现在的浮雕与壁画就更有趣，最高的六层，四周是木雕的佛陀释迦牟尼的故事，从出世到涅槃，包括菩提树下的悟道。当然，五层就是从塔上看下去的西湖诸景，画景与实景互证，似乎不太带意识形态色彩。再下一层是白娘子联合小青血战法海僧人的传奇壁画了。按理说，这段故事中不无对佛法的不敬，倒是应该感谢佛家普度众生的大度。再下一层是重新修建此塔的盛事，则包含着对当今与当局的颂扬。这有什么不协调吗？没有任何人有这种感觉。至少是协调在一个叫作旅游文化的概念里了。不错，旅游二字中含有铜臭的气息，把真正的文物交给旅游部门管理令人不寒而栗。这方面有过失败的与令人痛心的经验。但至少这一个新复建的雷峰塔，给我的印象是并没有污染西湖，倒是使西湖显得更完美，使游人与西湖更亲近。我们完全可以寄正面的希望于旅游，希望旅游文化带给我们的不仅有赝品与伪文化（那是文化的灾难），而且有真正的文化。

这次阔别数年以后来到西湖，还看到据说是参照上海"新天地"的经验修起来的湖东酒吧一条街，欧式风格，夹带韩式。从旁驶过，但见灯光暗淡，装饰华美一心逐洋……欲知成败如何，且听下回分解。

静是人生
必备的
定力

龙井茶与西湖白莲藕莼

    想来是因了小时候家境不怎么样，也缺乏医药知识，我一有病大人就给我吃藕粉（还有挂面）。在高烧不退、食欲全无的情况下，喝点所谓藕粉（也许不过是土豆粉或者秸秆粉的东西），起码撑不着，渐渐养成了病吃藕粉的真正小儿科习惯。"成家立业"之后，我的这一稚习，被妻子儿女嘲笑，他们说藕粉是我的"回生粉"。

    这次到西湖，说起想喝藕粉，果然也使杭州友人觉得太幼稚了。他们想不到我要这种不登大雅之堂的东西。但是，9月15日在湖畔居，王旭烽还是替我向主人要了藕粉。

    现在的藕粉改名藕莼了，用一个生僻的字，也许是为了提高身价。质量也显著提高了，不需要和底子，用九十度的水冲一下，就会自动成为均匀的糊状。几年前也有直接冲开水的，但冲出来效果不理想，常有疙瘩混迹其间，现在，是浑然天成啦。藕粉也在进步呢。

当然到湖畔居更主要是为了饮茶，王旭烽是茶人，她的描写茶农生活的长篇小说《南方有嘉木》获得了茅盾文学奖。她与茶人们面子大，我们到了湖畔居，喝了各种可饮可观赏可品味的名茶。有一种我觉得应该命名为绿牡丹（也许人家起的就是这个名字）的茶，一小团茶，开水一泡，变成了绿色大朵牡丹，好不喜人。观湖光山色而品上等茶上等水，这样的快乐人生又能有几次？这天茶水喝多了，茶后兴奋中去看山西歌舞团演出的民族舞剧《西厢记》，更是乐事了。山西的艺术家演得很好，剧本突出了崔莺莺和张君瑞对于幸福的热烈追求，压缩了红娘的分量，把老夫人代表的封建势力处理成由男群舞演员表现的符号，使老戏有了新面貌，表现爱情的舞蹈非常高雅优美。

于是当晚大为失眠，茶与舞，都太撩人心绪喽。

静是人生
必备的
定力

最忆是杭州

　　在几次与日本友人的接触中经常听到他们对中国文化的赞美，说什么中国文化博大精深呀，中国文化如何如何帮助了日本呀，从文字到建筑，从服装到风俗，连筷子也是从中国学的呀，还有各种好话。好话听多了就有点套话的意思了，甚至我还觉得有点溢美，中国1840年以来曾经混到了什么份儿上了，差点没让您给亡了灭了，您还没完没了地捧，受得了吗您老？明明日本早就闹成了"脱亚"，现在更是唯美利坚合众国的马首是瞻，日本是七国会议、后来成了七加一国会议的成员，是发达国家了，再反反复复地抒发对于中华文明的深情，叫咱们说什么好呢？

　　然而此次我是真的被打动了。这次抵日的第二天，我们乘火车到长野去看望病中的老作家水上勉。水上勉是中国人民的老朋友，多次访问中国，对日中文化交流极为热情。近年来年逾八旬的他因心脏病屡屡住院治疗，近日刚刚出院。听说我们会去看他，他激动得落下了泪水。我们在路上还接到了他儿子的电话。他的这个儿子是他年轻贫困时所得，由于生活无着落，他把儿子送给了一家鞋匠。后来他功成名就，思念儿子，也有一些莫名其妙的人冒充他的儿子来相认。只有这个真儿子，他是一见就明白了。有其父必有其子，他的这个儿子也极要强，通过自我奋斗，不但成就了经营事业，同样也热心写作，已经出版了两部书。

我们在小田下车，经过一道街，转两个弯就是乡村土丘风景了。水上先生占有了一个山头，修了日式木房子。他坐在轮椅上，含着泪来欢迎我们。他说话缓慢，精力当然大不如前。回想我十五年前首次访日时与他的愉快交谈，得知他有好几处房屋时，我曾引用"狡兔三窟"的中国成语与之调侃，而其他日本友人则惊叹我的成语引用之精当合体。曾几何时，驻颜无术的我们都老了啊。而首次访日时能够见证我的这个玩笑用语的井上靖、千田是野、东山魁夷、团伊久磨等老友皆已乘鹤西去了。团先生还是在苏州，在日中文化交流的第一线上英勇殉职的。这次与水上先生的会面能不兴逝者如斯之叹乎？

水上先生把他几次在中国各地旅行的写生图画与写就的散文拿给或送给我们。日语是读不通了，水彩画却显出了先生的绘画

162

才能，更表现了先生对中国山河、风光、建筑、寺庙的感情。他说在中国旅行，常常产生来到自己的文化故乡的感觉。他说他只盼着身体再好一点，坐着轮椅去一趟中国，坐着轮椅围着杭州西湖转上一圈。西湖是太美丽了。

他噙着泪述说着他的最忆是杭州的心情，我们也含泪祝福他能实现自己的愿望。我当然也爱西湖，拜访过水上勉以后，似乎更爱了。文化的力量是看不那么见的，却是蚀骨与永远的。如果我们妄自菲薄，如果我们不能把自己的事情做得好些，不但对不起祖宗对不起同胞，也对不起深受中国文化哺育的四方挚友啊。

顺便记一下，在水上先生家不远处，有一座"无言馆"，展览着当年这里的百十名美术学校学生的作品，他们全部是在战争后期被强征入伍，全部死难，白白做了军国主义的炮灰了。每个人的作品都标示着画家的生卒年月，有的死时31岁，有的死时才21岁，而且都是1944年到1945年间死的，那时军国主义已经穷途末路，败局早定了，但是还是吃掉了那么多无辜生命。这个展览馆命名为"无言"，真是意味无尽。

别衣阿华

从东海岸参观讲演回来，衣阿华已是冰天雪地。连阴了一个星期以后，天气却渐渐暖了。冬天的雨不停地下着，雪被雨融化了，草地裸露出来，竟还有那么多绿，只是道路变得泥泞了。衣阿华河的桥边，正在修路，快两个月了，还没完，搞得挺干净的德由标克街脏乎乎的，雨一浇，到处是烂泥。

真不能相信，我来美国已经快四个月了，再有两天，就要“拜拜”——再见了。来的时候还是夏天，我穿着短袖衬衫，早晨沿着城市公园或者汉彻尔剧场跑步，晚上睡觉的时候要放放冷气，不然憋闷得可真够受的。后来不知怎么的就有树叶发黄发红了。第一片树叶发红好像很早，不过9月下旬，是诗人保罗·安格尔发现的，我们一起坐车到市中心去，他忽然指着一株树对大家说：“瞧，叶子开始红了！”乘车的人说笑正热闹，没有人应和他的话，隔着车窗望出去，阳光还是那样明丽，树木还是那样葱茏，女大学生们还是那样轻俏，裸露着肩胛和脊背。但我的心弦被拨动了一下，在我给北京的亲人写信的时候，我报告了衣阿华的秋的消息。

然后是梦一样的，似乎突然充塞到了天地之间的秋天。所有的树木，竞相在严冬到来之前献出它们最好的色泽和丰姿。那一天，旅美华人吕嘉行戴着小小的棒球运动员的帽子为我们开车，同行的当然有好客的主人——"国际写作计划"的主持人聂华苓女士，还有现代派国画家刘国松一家，我们到了一个叫作"脊椎骨"的山谷游览区，欣赏那满山遍野的红叶、粉红叶、赭叶、紫叶、黄叶，还有仍然在秋风中顽强地绿而且翠的叶。

第二天，华苓又开着车来了，找艾青、艾夫人、台湾诗人吴晟和我去看红叶，去照相。我们先是以我们居住的"五月花"公寓为背景照，为了能照到整个九层公寓大楼，我们走出去很远，一直走过了不紧不慢地流着清清的水的衣阿华河。后来，又沿着城市，寻找红叶，路一会儿是上坡，一会儿又是下坡，陡陡的。到处是令人惊诧的千娇万媚的红叶——同是红吧，有的艳丽，有的深重，有的热烈，有的雅致。有的虽然稀稀落落，但在风中摇曳着，似乎要对人说出千言万语。有的高高大大，乱乱哄哄，比春天的花还要繁荣。忽然想到旧读李后主的词"春花秋月何时了"及至见到有的版本将这一句印作"春花秋叶何时了"时，总是先入为主地以为前是而后非。在衣阿华观赏红叶，我才悟到，还是"春花秋叶"更好一些，更工整也更符合后主的心境。

但我最喜欢的秋叶却是普通的黄叶。入秋以后，我差不多每天早晨都要沿着衣阿华河走一走。我看到那些高大的乔木上不停地落下叶子来，开始，时而有一两片树叶，打着旋，袅袅地在空中飞舞。后来，愈落愈多，不分昼夜，叶落如雨，却仍是杳然无声，让你觉得树叶落到结着霜花的地面，一定是一件很惬意的事情。也许，树叶们盼着的便正是在长过、绿过、鲜过、红过和黄过之后在接受了一年的清风、阳光和雨水之后落到那宽广厚重的大地上来吧？在林中落叶上跑来跑去的小松鼠呀，不要搅扰它们吧！我默默地看着下落的树叶，放轻步子，不愿打扰它们的安息，不愿掀乱自己"别是一番滋味"的心绪。

衣阿华城就是这样一个地方，平静，安谧。构成它的是河水、树木、草地、玉米田和时晴时阴的天空。八万人口，五万是大学的师生。从早到晚，城郊到处是汗流浃背的跑步锻炼身体的年轻人。它和我们在国内所设想的那个喧嚣的、匆忙的、阔绰繁华而又腐朽混乱的花花世界的美国不大一样。那样的美国存在于

静是人生
必备的
定力

纽约的百老汇街、时代广场，存在于芝加哥和洛杉矶，并不存在于衣阿华城。这儿没有 X 级色情电影，这儿全城只有一家小店卖酒，而且未成年者即使前去也买不到酒。这儿没有摩天大楼，这儿的公共汽车每一刻钟到二十分钟才走一趟，而一到星期天，商店关门，公共汽车停开，全城都像睡着了一样。这儿人们的穿着也不入时，秋衣秋裤、大针脚的劳动布牛仔裤、厚厚的橡胶鞋底大方头的皮鞋，恐怕要比那些纤巧的服装更为常见。甚至在宴会或者音乐会上，不打领带的男人也比打领带的多。

这就是美国的中西部地区，他们引为骄傲的出产是玉米，这一带最著名的公司是"约翰迪尔"，制造和出售农业机械。假日，你如果到咖啡馆和饭馆、酒吧和自助餐厅，除了学生、教师以外，也许还能看到许多粗壮结实的庄稼人。在保罗·安格尔身上至今保留着许多庄稼汉的气质。他体格壮实，嗓门大，爱说爱喊爱笑，笑起来旁若无人。他爱劳动，冬天取暖用柴（许多美国家庭冬天不用空调设备而宁愿用木柴，据说可以节省一些）都是自己砍，他拿起斧子在自己房子的后山林子里砍出了一条路。他最喜欢吃的是牛肉丸子，做一次吃一个星期，那是他在炊事上最得意的佳作，虽然华苓讥笑他做的丸子形色像"狗屎"。

就在这里，我们生活了好几个月。来的时候才 8 月底，刚一来既新鲜又别扭，好像淡水鱼放到咸水里，浑身都不得劲儿。我听不到早晨六点半的"新闻和报纸摘要"和晚上八点的"各地人民广播电台联播节目"。我不可能在每天打开信箱的时候收到《人民日报》《光明日报》和《北京晚报》，还有五颜六色的令人欣喜的文艺刊物和那些年轻的、诚实的读者的雪片般的来信。我接不到作协、《人民文学》或者《文艺报》的座谈会通知。我听不到丛维熙的结结巴巴、李陀的口若悬河、刘绍棠的虎虎势势、刘心武的条条理理和说一句加一个"是吧？"的高谈阔论。我接待不了从老团市委来的老战友和从西北边陲来的患难之交……而且，何必隐瞒呢，从出了国门，我就想老婆，想亲人，他们都在地球的那一面等着我的消息。

噢，我失去了那么多！那些使我的生活变得温暖和有意义的东西都在我的祖国，都在伟大的中华人民共和国啊！就在远离万里，隔越重洋的美利坚合众国，我所以能畅快呼吸，心里实实在在，不也正因为我是和十亿人在一起吗？

我迅速地投入了这里的生活，我成了这里的居民了。瞧，连衣阿华城的电话号码簿上也已经印上了我的姓名、住址和电话了。每星期两三次，文学讲座和讨论，由参加"国际写作计划"的各国作家轮流主讲。每星期一次采购，我也学会了推着购货车逡巡在超级市场的琳琅满目的商品食物之中。每天早晨到一楼前厅取一份免费赠送的由衣阿华大学出版的《衣阿华日报》，借字典的帮助读通几个标题。每天晚上由热心肠的希腊裔女教师尤安娜给我和我的邻居乔治·巴拉依查补习英语。如果进城，可以从公寓门口坐城市公共汽车，在自动售票机中投下三十五美分的硬币；也可以走到桥边去上免费的校车。市中心有三个电影院，电影院里充满着玉米花香。肚子饿了可以去吃西餐、中餐，也可以去吃三明治和意大利"皮扎"饼……

于是我安下心来了，早晨跑步而中午游泳。入冬以后，早晨跑步取消了，但中午游泳一直坚持到最后。上午写作，下午读书，晚上学英语。我在这儿写完了一个不太长的中篇，写一个人和一匹马，故事发生在新疆。还写了一些关于旅美的散杂文字。这要特别感谢上海《文汇月刊》的梅朵，我没见过世界上有这样善于约稿组稿的编辑，隔着太平洋和大西洋还穷追不舍，精诚所至，顽石为开，我只好执笔从命。读书读得最多的是港台作家的作品，我喜欢屡遭台湾当局迫害的中年小说家陈映真的《云》，他结构得那么"帅"，他从来不把人物简单地分成黑和白，或者莫名其妙、一厢情愿地分成"善良"和"凶恶"，他总是充分探求活人的复杂的内心世界，即使在悲哀和失望之中仍然让你抓住一点善、一点安慰、一点暖意。虽然也许在"帅"和巧之中他回避了更严肃、更深沉、更有分量的冲刺和解剖……

　　在衣阿华我花了不少的时间和精力学英语，只是在35年以前，上初中的时候，我学过abcd，来到美国的时候我还知道个ok和thank you，再多一点就不行了。记得从旧金山乘飞机去衣阿华城的时候，为了在机场办手续就搞了个狼狈不堪。但经过这几个月的努力，我已经能在日常交往中应付一气，甚至到了东岸各大学演讲的时候，有时我也能用英语讲一段了。在纽约接受《纽约客》杂志采访的时候，我也是直接用英语回答问题的。我的老师尤安娜确实是一位又热心、又耐心、又善教的老师。而聂华苓对于我和巴拉依查确实也是特殊关照，专门派了英语补习教师。我还特别感谢瑞典作家艾瑞克的夫人古丽娜，她在本国的职业是英语教师，她总是能耐心听完我的蹩脚的英语，和我交谈、给我以帮助。我也喜欢和"国际写作计划"1975年的成员、今年又应邀到衣阿华大学临时任教的英国青年诗人彼得杰依交谈，他的那种温文尔雅、抑扬顿挫的标准牛津音，实在迷人。一个周末，我们在一个酒吧里碰见了，我们谈了很长的时间。他告诉我，他无法理解在中国发生的事情。我说，不但对于一个英国人来说，了解近几十年的中国是困难的，即使对于我这样一个土生土长的中国人，理解这些年的变动也并不容易。但我们必须总结经验和加强相互间的了解，因为我们正在前进，同时我们都生活在地球上，而这样的适合人类居住的星球迄今只有一个。

是的，这就说到了友谊，也许对于中国人来说，友谊是和空气、阳光一样重要，一样须臾难离，并且是比一切物质条件更重要的东西。在衣阿华这个静静的美国中西部小镇，和衣阿华河水一样长流不息的，不正是人民之间的友谊、各国作家之间的友谊和那些流着同样的血液的中国血统的人们之间的友谊吗？生活在衣阿华五月花公寓的224C房间，哪天不感到聂华苓和保罗·安格尔和他们的两个女儿——薇薇和兰兰对中国作家的亲切照顾之情呢？在10月1日国庆节那天，我们借"安寓"举行了应该说是相当盛大的酒会，招待各国作家和衣阿华城热心中美友谊的各界人士。在那个酒会上，播放着《小河淌水》和《步步高》。祖国呀，你不是仍然与我们同在吗？有哪一天，我能不和我的邻居，我的最好的朋友，罗马尼亚作协书记、小说家巴拉依查亲切交谈呢？一开始结结巴巴，后来，在相互鼓励下，我们也一套套地说起英语来了，我们互相介绍各自的国家和人民，我们为中罗两国人民之间的友谊而干杯。我们也共同为波兰的局势而紧锁双眉、忧心忡忡。我还结识了日本的女小说家大庭，我们两次一起吃午饭，两次在出席了讲座以后共同步行回到公寓，欣赏着映照在衣阿华的清流里的夕阳和晚霞。我们一起谈庄周和李太白、井上靖和鲁迅，谈中国文化与日本文化交流，而且留下了地址和电话，相约继续通信。还有土耳其的诗人库文图兰，我们一见面就找到了"共同语言"，原来我所知的维吾尔语的许多词是与土耳其语同出一源。他告诉我，他已经根据《中国文学》上的英译本，把我的三个短篇小说译成了土耳其文，准备拿回他的国家去发表。想不完也说不尽，特立尼达和多巴哥的阿尔伯塔，巴西的李安娜，法国的伊曼奴埃利，尼日利亚的威廉姆斯，印度的穆斯塔法，印度尼西亚的托蒂拉瓦蒂……他们不都已经是我的朋友了吗？我们不是都不止一次地交谈，谈过文学、谈过友谊吗？可惜啊，抱歉！如果我能多懂一点英语……

更不要说那些"本是同根生"的同胞啦。台湾的吴晟，旅居此地的刘国松和夫人李模华，吕嘉行夫人谭嘉，呵，原来这些旅居美国的华人并不像我们想象得那么"洋"。刘国松还保留着山东人的豪爽和说话的"怯"味儿。李模华的炊艺仍然是地道的家乡风味。谭嘉和吕嘉行不准孩子在家里说英语，他们很喜欢读《人民文学》，却苦于不知道到哪里去订阅。他们渴望着有机会回祖国探亲访友，祖国的声息痛痒仍然与他们血肉相连。海外存知己，天涯若比邻！中国人走到哪里也会找到自己的同胞，中国人走到哪里也不会感到孤单。同时，这些"海外知己"告诉我们，正是中国的独立和强大使他们在美国从低头走路到昂首阔步。所有的这一切都快要成为"过去时"了吗？难道桌上的月历没有被哪个急性子多翻了一个月吗？昨天晚上已经举行过了"国际写作计划"的告别晚宴。今天一天已经送走了十位作家。市中心州银行门口的电子显示器报告人们，气温再次降低到了摄氏零下五度。树木已经落尽了叶子，但是衣阿华大学校长的家门前和我的老师尤安娜的客厅里的圣诞树却已打扮得袅袅婷婷，红灯绿火。河水还没有结冰，也还很少看到积雪，漫长而又严寒的冬天还在前面。稀稀落落的大学校车有时也开到"五月花"公寓门前来了，这就减去了走到桥头上车的一段不短的距离，可我没摸清规律，还没乘坐过几次呢。扬格尔服装百货店搬到了新的大得多的铺面，我也还没来得及好好逛一逛。学习和交流的设想还远远没有完成，对美国的社会调查也还只是一鳞半爪，要在这里写的文章还有很多很多，英语的学习正在劲头上……然而，行装已经打点起来了，书籍已经付邮，途经洛杉矶和旧金山转香港的飞机票躺在我的抽屉里跃跃欲试，房钱已经结算，清扫也已大体就绪，这两天又收到了来自衣阿华大学的汉学家达尉德，来自哥伦比亚大学的教授、作家弗兰克和来自芝加哥西北大学的教授许达然的热情的告别信和来自波士顿的作家木令耆的告别电话……

　　分明是要走了，再过四十几个小时，衣阿华城对于我就会变成仅仅一种追忆，一件往事，一个话题，一点思念了。别了，衣阿华！再见，衣阿华！当我回到北京，走到王府井大街或者新街口的时候，我也许会时而神游你的德由标克街、华盛顿街、教堂街和市场街吧？当我在北京前三门公寓楼的家里冲起一杯滚烫的茉莉花茶的时候，我也许会想起你的金黄透明的苏格兰威士忌加冰块？当我骑上我的还是从新疆带回来的"加重飞鸽"，汇合到北京清晨的自行车的洪流里，开始一天的工作的时候，也许我会祝福正在深夜里的你的人民睡梦香甜，一夜平安。人们爱中国，关心中国，渴望着了解中国，而中国也盼望着更多地了解世界。衣阿华的"国际写作计划"为中国作家和各国作家提供了一个很好的寻求友谊和知识的机会。1980年"国际写作计划"去矣，衣阿华去矣，美利坚合众国去矣，美好的记忆常存，友谊常在。祝你好，我的衣阿华！

静是人生
必备的
定力

第六章

读书一法

/

静是人生
必备的
定力

　　我从不要求朋友什么都和我一致，有个人
跟你捅捅刺刺，有好处。

福尔摩斯是无赖吗？

我看了一部电影《福尔摩斯外传》，英国片，把福尔摩斯塑造成一个酒徒、色鬼、骗子、无赖，把华生医生塑造成一个大英雄，原来一切大案要案都是他破的，福尔摩斯是他虚构的一位侦探云云。看后我疑："我是怎么了？"

翻案，反其道而行之，亵渎神圣的受尊敬的东西，逆向思维……不知道这部电影和这些心理、这些潮流是不是有点什么关系。

我想起了给蒙娜丽莎添加胡须。我想起了"朋客"们的装束。我想起了历史家考据家们的翻案癖：例如证明《红楼梦》不是曹雪芹写的。我想起文坛上的一种诱惑：把一个名人狠狠地臭一气儿，就能很快地分享到名人的名气，使臭名人者多少也出点名。

当然不是所有的翻案者都只是为了自己出名，为了标榜自己。更不是说所有的翻案都带有胡闹性质。逆向思维的魅力是无法消除的，比如说有了畏天的观念就有了天命不足畏的反叛，显然后者比前者更有价值。有了宗教就有无神论。有了黄帝大战蚩尤、黄帝之孙颛顼大战共工氏的胜利性正统性，就有诗人毛泽东对于共工氏的热情歌颂。有了地球中心说就有太阳中心说又有了无中心说。有了小说就有"反小说"又有了对古典意味的小说的回归。有了"中体西用"的说法就有"西体中用"的议论及对二者都否定的"体用难分"论。

有些是严肃的探讨，有些是勇敢的革命性的反叛，有些是付出了高昂代价的献身、牺牲。有些是"玩文学""玩理论""玩概念"的名词游戏、语言游戏，游戏中也可能获得某种有益的启示。有些则成为一种治学、创作、做事的捷径，"反其道而行之"只这么一想已经使自己与"其道"平起平坐了。甚至于这么一想就当真获得了"柳暗花明"的"又一村"。"生命诚可贵"，至哉斯言，本来不应成为问题，"爱情价更高"，美哉斯情，给生命增加了光辉。"若为自由故，二者皆可抛"，壮哉斯志，不是"更上一层楼"了吗？

当然也有些更近于心理发泄。"文化大革命"中以及非"文化革命"中人们喜欢给一些女明星泼污水造谣言，原来被吾侪崇拜得如天神天仙的人，如今能被吾侪按脖子剃阴阳头挂破鞋，不是挺过瘾的吗？专挑"当权派""权威"来批斗，还是有心理学依据的。如果福尔摩斯活着，难道吾侪能够对他开恩吗？

也许这扯得太远了。也许这部片子并无恶意，它让你感到的只是一个小小的幽默。也许它对破除迷信有益，它让你想一想"世界上真有福尔摩斯那样的神探吗"？如果没有神圣，也就不存在亵渎的事了。至少它可以与柯南道尔的《福尔摩斯侦探案》和平共处，福尔摩斯在本片中的无赖，触动不了他在书中的伟大的一根毫毛。用不着通过一项决议为福尔摩斯呼冤，也用不着相反。您就琢磨琢磨这点出息吧。

多了一位朋友和助手

早在1989年秋冬之际，谌容回答我"最近忙什么"的问题的时候便告诉我：打麻将和玩电脑。接着她问我："你干嘛不买一个电脑玩玩？"

我当时竟然没有听懂她的话，我以为她说的玩电脑是指玩电子游戏机。我的业余爱好偏"武"，包括游泳散步乒乓球之类，却没有文的，如下棋玩牌等等。当然也不会有志于打电子游戏机，因为我觉得我坐在那里"做生活"已经坐够了。但到了1990年下半年，美丽的江南却流行起王某人投入电子游戏，技艺超凡入化已经精通了多少多少盘、正在学多少多少盘（谁知道叫盘呀还是什么的，反正到现在我也还没玩过也不想玩任何电子游戏）的消息。当朋友们高兴地向我转述他们得自南方的关于我的传闻的时候，听了我的辟谣，都显出了失望的表情。我也深为自己的状况与流传不符而觉得对不起朋友，似乎不够交情呢。

后来才知道谌作家当时已经开始用电脑输入汉字来写作了。她和一些别的同行陆续用起了电脑，并动员我也先进一下。我则顾虑重重，心想，电脑那玩意儿是科学，咱们弄的是艺术，以科学之逻辑干艺术之虚无缥缈，殆矣！又想，字好字坏钢笔那玩意儿咱用了几十年了，写字虽累但从来不动脑筋，万一搞上个电脑，写一个字以前先摸它的脾气找它的路子走它的门径，这不是自己跟自己过不去吗？这么干不是一下子就把灵感全轰走了吗？舍纯熟而取生疏，舍轻便而取笨重，舍廉价而取昂贵，我有病了还是怎么的？

1991年7月，张洁从美国回来了。她也用上电脑了。她也向我鼓吹起电脑来了。她给我讲了别人讲过的稿面整齐、便于修改、便于复制等等电脑优势以后，又给我讲了一个别人没有说过的道理。她说："你知道，写作最难的是头三行字。每天上午坐稳动笔以前，且得磨蹭呢，你是不是这样呢？"我连连说我也是这样。她说那就对了："弄个电脑的最大好处是它像个游戏机似的，吸引你老是惦记着要坐到它那里去。"

她的这个说法倒是很有说服力。我也是"懒驴上磨屎尿多"，写高兴了本来是极愉快的事情，就是"进入"这种写作状态难。伏案疾书并不是一件轻松的事情，特别是在我已经患有颈椎病、轻度白内障、轻度眼底动脉硬化之后。我常感叹，写作不仅是一种脑力劳动，而且是一种体力劳动。一部长篇小说二三十万字，您光抄一遍试试。我的心眼儿活动了。

同年，又听得李国文、叶楠、梁晓声全都电脑化了，我也就赶紧置办。说起来我在买东西方面的智力绝对比白痴强不了多少。"傻子过年看隔壁"（这句俗话还是从《艳阳天》上学来的），既然那么多人都买了，我也就买吧。

电脑刚买来时就跟家里多了一个妖精差不多。由于不熟练，机器老是出事故。有一次所有的字都没了，剩下了一些古古怪怪的符号；有时自以为打得很对，机器却老是出现"吱儿吱儿"的怪声；有时打着打着进入了死机状态，叫天天不应，叫地地不灵……走投无路之际，请来技师，却原来"难者不会，会者不难"，稍稍一动一切也就得心应手。这回倒热闹了，写作的时候好像出来了一位朋友或者助手，帮你的忙或者跟你闹点别扭，颇不寂寞呢。

我用电脑没有经过任何培训过程，拿过来就胡打上了。一开

静是人生
必备的
定力

头用汉语拼音方法输入，我自以为精通汉语拼音，不会有问题。实际上有些字自己读的音就不准，拼出来当然也不会正确。例如荨麻疹的荨字，我拼"xún"，怎么也找不到这个字，无法，去查字典，才知道它的正确读法是"qián"（现在已读xún）。赝品的"赝"字它的正确读音与拼法也是查过字典才闹明白了的。拼音输入帮助我纠正了不正确的汉字读音。

慢慢也就习惯了，特别在掌握了双拼技巧以后，拼音也打得蛮快。我用拼音方法输入"写"了近五十万字的文稿，其中包括长篇小说《恋爱的季节》中的后三分之二、短篇小说《奥地利粥店》《成语新编》等。

但是谌容与她的儿子相声作家梁左坚持不懈地劝我改学五笔字型，五笔字型可以直接把字打出来，不需要像拼音那样打完了还要从"屏幕"上挑选同音字，这个方法确实理想得多。只是一看五笔字型的原理、程序、口诀……就令人头大如斗。我的女儿也跟着起哄，说什么某位小姐培训了三个月也没学会五笔字型，更使我怯起阵来。

结果太太充当了扫雷先锋，她买了几本讲五笔字型的书，在无人辅导的情况下自己初步掌握了五笔字型的基本要领。随后又经过年轻的朋友梁左的一次不容争论的恳切动员，我在1992年8月下旬下定了决心，抛掉已经驾轻就熟的拼音方法，改弦更张，从头学五笔字型，叫作精益求精，更上一层楼。

和这一辈子干别的事情一样，我习惯于在做中学、用中学。我压根儿就没有受过正规的高等教育，这当然造成了我的弱点，例如不知道"荨"字的正确读法，但也造就了我的在实践中摸索总结分析思考找规律想办法的本事。拿过五笔字型的表格来，头一上午就打出了十几个字，下午就用五笔字型输入方法给儿子写起信来了（按谌容的说法，这也算奇迹了）。无非是找不出五笔字型的拼形码时就用拼音方法调出此字，好在拼音调出的字后也附有五笔字型拼码。每遇到这种情况，我就用心体会为何人家要这样拼，一回生两回熟，终于悟出了个中道理。这也叫"提高了觉悟"——想到什么字，立刻觉悟出它具有的符码，它也就乖乖地服从咱们的调遣了。现在，我用五笔字型方法输入汉字的速度已经超过了拼音时期的最佳状态。这个过程本身就具有莫大的吸引力，说实话，现在什么事也不如坐在电脑前头打字那么有魅力。当然，电脑的作用不仅是打字，修改、复制、存底、搜索……妙用无穷。过去寄稿子到外地最怕的就是把稿子丢了，现在再也不发这个愁了，我天南地北寄稿子，现在连挂号费都省下了。劳动的条件当然是过去无法比拟的,端端正正地一坐,眼睛距离"屏幕"一米多,花眼也不必戴花镜,十个手指头全用上了,不像写钢笔字那样,靠的是一只手上的三根手指头。据说两手十指同时操作还有利于大脑,老了不得偏瘫。

一次听到刘心武与人议论电脑会不会影响灵感、形象思维呀什么的,我颇有点怒从心来,便对刘老弟说:"您的这些议论,其实与清朝末年一些人反对铁路火车的性质一样。"批得他只剩下了咯咯地笑。后来又有一次听到一位作家好友说对电脑表示疑虑的话——其实这种疑虑我过去都是有过的,我便更"恶毒"地对他进行诛心批判道:"别财迷啦,你老!"

我成了用电脑的积极提倡者、宣传者、捍卫者了,而且很带一点不容异议的专制劲儿。

最新消息,心武也添置了功能良好的电脑了。

作家用了电脑,真是如虎添翼。我惊异地发现,那些抨击电脑的振振有词的道理,大致都是不用、不会用、不想学或者没有电脑甚至压根儿就没接触过电脑的先生女士们讲出来的——也就是臆造出来的。

作家的书简与友谊

　　本来书信是两个人之间的事情，但是作家书简常常被发表、被辑录、被研究、被出版。这一方面是由于这些书信的内容常常与文学文坛有关，而文学文坛不能不引起公众的兴趣，另一方面这也是作家的"报应"——谁让你挖掘出那么多隐蔽的、微妙的、有时是模糊而且深奥的生活现象与心灵现象，写出来给大家，给这一代和下一代，给中国人和外国人看呢？谁让你引起了读者的好奇心来了呢？你的片言只字，包括书信日记都会被拿去"示众"，有的还会成为珍贵的资料，幸耶，非耶？实在也是没有办法的事。

　　余生也晚，乏善可陈，又没有保留作家师长和友人来信的习惯，丢弃了许多珍贵的资料，这是很令人遗憾的。但许多旧信仍然令人难忘。例如1962年，我的处境刚刚松动了那么一点点，就收到了韦君宜的鼓励我写作并说准备出版我的被搁浅了的处女作《青春万岁》的信。一封信唤醒了我多少情怀和力量！在20世纪60年代我去新疆后的沉默的岁月，远在新疆伊犁，还时而收到寄自广州的黄秋耘的信。秋耘的信中常有旧诗，如赠我的"文章与我同甘苦，肝胆唯君最热肠"，自述的"不窃王侯不窃钩，闭门扪虱度春秋"等，都使我过目不忘。"四人帮"倒台后，我给恩师之一的萧殷试投过一信，立即收到了萧老的热情洋溢几近手舞足蹈的回信，信上说："这几天我见人就说，王蒙来信了，王蒙来信了……"

多么温暖的、濡之以沫的关怀！我永远感谢他们在严峻的日子里对我的惦记与鼓励。后来呢，日子好过了，鱼儿"相忘于江湖"，我们的书信来往反而不多了。萧殷已经去世，1988年我去龙川瞻仰了他的故居与遗像。君宜生病，只是近几个月才去看望过她。秋耘则很久没通信了，但愿他一切都好。

"四人帮"倒台不久，我给周扬去过一信，并很快收到他的签名复信。此后，文坛复苏，文学活动增加，我与众位作家的信函来往也就多了。夏衍曾经写信鼓励我的《小说家言》，冰心看了我写的关于李义山描写雨的文章，直言不讳地写信告诉我，她不喜欢雨，她爱阳光，也爱雪。二老高龄，都是亲笔写的信。黄佐临曾经写信来表示赞成我所讲的"艺术并非生财之道"的观点，黄老的信中还讲了他自己从事艺术活动过清贫生活经验。荒煤、冯牧也都给我赐过信或者便条。特别是荒煤，他是近视眼，字写得又小又密又花（他常常拉长某些笔画），内容又特别严肃，全是讨论诸如文艺思潮呀、商品冲击呀、电影部门归属呀什么的。他是很认真的。

同辈文友的信就更多了。李子云（晓立）、何士光与我讨论作品的信曾经在刊物上发表。刘绍棠在我发表《相见时难》以后以及党的十二大以后，都写来激动人心的祝贺与鼓舞的信。张洁旅美期间来信叙述她的一些见闻及及时回国的计划。果然，她去年7月就回来了。平凹写信说我"不但得了'道'，而且得了'通'"，说得我自己也不免神神道道起来，戏言而已，岂有他哉？玛拉沁夫于1989年4月8日来信称赞我的"难能可贵"，向我表露他隐秘的心迹，表示"将在你的指导下谦恭谨慎而又努力拼搏地再干几年"，字字火热，句句忠诚，转眼白云苍狗，令人汗颜！而在1989年秋邓刚来信："你现在可以全力创作，使我欣慰……"朋友欣我之欣，慰我之慰，肚皮不隔人心！

冯骥才身高近两米，写起信来有时像孩子般亲切纯朴。弘征的信全用毛笔书写文言，古雅有趣。还有承志，人去了日本还来信叮嘱，老猫下了小猫，留下最好的一只给他闺女。还有铁凝、安忆、张长、张宇、胡辛、许辉……文人相亲，文德相聚，读其信而思其作品其人，不禁暖从中来，五内俱热。知我爱我，敢不勤勉小心！

至于自己，我做得太差太差了。有些信回得很潦草，有的信根本没回。有些托我的事我去办了，没有办成，或虽然办成却未回信。还有些信一直想回，想等办事有个结果或者读完要我看的某个作品再回复，三拖两忙，等到能复时不但延误了时日，甚至连人家的地址也找不着了。丢三落四，疏懒在我，来而不往，失礼于人，信债如山，何日可偿？但不管怎样，如切如磋，如琢如磨，相提相携，相警相策，我为这些充溢着友情的温暖的书信而常感喜悦。谢谢了，来信的文友师长们！

附注：为行文简便，有时在人名后未加"老、老师、同志、先生、女士"等称谓及官称，直呼其名，实亲敬之，尚请见谅。

回忆三联书店诸友

三联书店，对于我来说，首先是一批好朋友，其次才是一个出版社。

我愿意回忆的是20世纪90年代初期某种特殊情况下八面来风的美好故事。我想提到三联书店与《读书》杂志。由于这本杂志，我和我的一批友人在那个年代活得快活了许多。

早在1988年底，编辑吴彬（她是吴祖光、吴祖强的外甥女）就约我次年在该刊开辟一个专栏。我笑说："承蒙不弃……"吴彬大笑，说："我们不弃，我们不弃……"

于是前后数年，我写了近六十篇置于《欲读书结》栏目下的文字。这些文字的影响甚至一度超过了小说。不止一个朋友告诉我，你写的这些评论比小说还好呢。我只能一笑，当然了，小评

静是人生
必备的
定力

论是最容易接受的。如果大情势再尖锐一点，那就不是小评论，而是尖厉的杂文。再发展一步，口号才受读者的欢迎。再换一种更不好的情况呢，那时连口号也不过瘾，人们欢呼的是一个站在十字街头大骂粗话的傻子。

那一个时期的《读书》及其主编沈昌文也是值得怀念的。沈的特点是博闻强记，多见广识，三教九流、五行八卦、天文地理、内政外交，什么都不陌生。他广交高级知识分子、各色领导干部，懂得追求学问珍重学问，但绝不搞学院派、死读书、教条主义、门户之见。因为他懂得红黑白黄，上下左右，我称他为江湖学术家。同时，他是编辑家、文化活动家、文化公共关系开拓者，还是各种不同组合的文化饭局的组织者、领导者与灵魂。

看看他为杂志写的篇篇后记《阁楼人语》吧，嬉笑怒骂，阴阳怪气，另一面却是循规蹈矩，知分量寸，谈言微中，点到为止。事隔多年，作家出版社的应红编辑为之辑录出版，仍然受到广大读者欢迎，亦出版界之奇景也。无怪乎我那位爱生气的兄长愤愤于这样的刊物："怎么还没有查封？"

斯时《读书》上还有蓝英年的《寻墓者说》、葛剑雄的读史系列、吴敬琏等的经济学文字，辛丰年的《门外谈乐》、龚育之的《大书小识》（专谈毛主席著作）、赵一凡的《哈佛读书札记》、金克木的《无文探隐》《书城独白》、吕叔湘的《未晚斋杂览》等专栏。本人也攀附骥尾，借光沾光。其间《读书》的销量以几何级数上升，洋洋大观，一番盛况，于今难觅。沈公拜拜了《读书》，当年的那么有趣有新意的《读书》也就拜拜了读者了。

更早的三联的老总范用的读书奇术使我震惊。他说他的读书法是今日书今日毕，好书读完不过夜，对不好的书的确认与搁置也不必过夜。千万不要把书放在一边待读，待下去就会愈来愈多，永无读日。

范用兄的特点同样是热心知识，广交天下贤士，以书会友。他家经常是高朋满座，往来无白丁。这既是他的出版家的风格，更是他个人魅力与光辉的表现。

董秀玉从《读书》创刊就跑过我的稿子。她精力充沛，有稿无类，一心启迪民智，推动进步，追求学术尖端。

三联人有一种为学人友，为学人竭诚服务的传统。他们如老子所讲，为天下溪，为天下谷，天下之牝，天下之交也。

当然我也不会忘记冯亦代、陈原等老师的风范。

静是人生
必备的
定力

这里有方针原则，更有人的因素。所以我担心，我也祝愿，这些老三联人渐渐退休以后，怎么样继承和发扬三联精神？弄一点酸溜溜的圈子派别，借出版以拔自身的份儿的矫揉纨绔子弟？弄几个唯市场是瞻的书商？毁了，一定会毁在他们手里的。

不，不会，事业不允许，三联的作者读者尤其是老领导老编者不允许，三联只能是愈来愈好。我们信心十足地祝福它吧。

华老师，你在哪儿？

在我快要满7周岁的时候，升入当时的北平师范学校附属小学二年级，那是1941年，日伪统治时期。

我至今记得北师附小的校歌：

北师附小是乐园，
汉清百岁传。
……
向前，向前，
携手同登最高巅。

第二句的"汉清"两个字恐怕有误，如果这个学校是从汉朝办起的，那就不是"百岁传"，而是一千几百年了，大概目前世界上还没有那么古老的学校。

在小学一年级，我们的级任老师（犹今之班主任）姓葛，葛老师对学生是采取"放羊"政策的，不大管。遇到天气冷，学校又没有经费买煤生火炉，以至有的小同学冻得尿了裤子（我也有一次这样的并不觉得不光荣的经历），葛老师便干脆宣布提前散学。

二年级换了一位老师叫华霞菱，女，刚从北平师范学校（简称北师）毕业，20岁左右，个子比较高，脸挺大，还长了些麻子，校长介绍说，她是"北师"的高才生，将担任我们班级的老师。

她口齿清楚，态度严肃，教学认真，与葛老师那股松垮垮的劲头完全相反。首先是语音，她用当时的"普通话注音符号"（即ㄅ、ㄆ、ㄇ、ㄈ）一个字一个字地校正我们的发音，一丝不苟。我至今说话的发音，还是遵循华老师所教授的，因此，有些字的读音与当代普通话有别。例如"伯伯"，我读"bāi bāi"，而不肯读"bó bó"，侦察的"侦"，我读"蒸"而不是"真"，教室的"室"，我读上声而不肯读去声等等。为"伯""磨"之类的字的读法我还请教过王力教授，他对我的读音表示惊异。其实我出生就在北京，如果和真正的老北京在一起，我也会说一些油腔滑调的北京土话的，但只要一认真发言，就一切按照华老师四十多年前教导的了，这童年的教育可真重要。

华老师对学生非常严格，经常对一些"坏学生"训诫体罚（站壁角、不准回家吃饭），我们都认为这个老师很厉害，怕她。但她教课、改作业实在是认真极了，所以，包括被处罚得哭了个死去活来的同学，也一致认为这是一个比葛老师强百倍的老师。谁说小孩子不会判断呢？

小学二年级，平生第一次造句，第一题是"因为"。我造了一个大长句，其中有些字不会写，是用注音符号拼的。那句子是："下学以后，看到妹妹正在浇花呢，我很高兴，因为她从小就勤劳，她不懒惰。"

华老师在全班念了我这个句子，从此，我受到了华老师的"激赏"。

但是，有一次我出了个"难题"，实在有负华老师的期望。华老师规定，写字课必须携带毛笔、墨盒和红模字纸，但经常有同学忘带而使写字课无法进行。华老师火了，宣布说再有人不带上述文具来上写字课，便到教室外面站壁角去。

偏偏刚宣布完我就犯了规，等想起这一节是写字课时，课前预备铃已经打了，回家取已经不可能。

静是人生
必备的
定力

我心乱跳，面如土色。华老师来到讲台上，先问："都带了笔墨纸了吗？"

我和一个瘦小贫苦的女生低着头站了起来。

华老师皱着眉看着我们，她问："你们说怎么办？"

我流出了眼泪。最可怕的是我姐姐也在这个学校，如果我在教室外面站了壁角，这种奇耻大辱就会被她报告给父母……天啊，我完了。

全班都沉默着，大家感到了问题的严重性。

那个瘦小的女同学说话了："我出去站着去吧，王蒙就甭去了，他是好学生，从来没犯过规。"

听了这个话我真是绝处逢生，我喊道："同意！"

华老师看了我一眼，摇摇头，叹了口气，厉声说了句："坐下！"

事后她把我找到她的宿舍，问道："当×××（那个女生的名字）说她出去罚站而你不用去的时候，你说什么来着？"我脸一下子就红了，我无地自容。

这是我平生受到的第一次最深刻的品德教育。我现在写到这儿的时候，心里仍怦怦然：不受教育，一个人会成为什么样呢？

又有一次修身课考试，其中一道答题需有一个"育"字，我头一天晚上还练习了好几次这个"育"字，临考时却怎么也想不起来了，觉得实在冤枉，便悄悄打开书桌，悄悄翻开了书，找到了这个字，还自以为无人知晓呢。

发试卷时，华老师说："这次考试，本来有一个同学考得很好，但因为一些原因，他的成绩不能算数。"

我一下子又两眼漆黑了。

又是一次促膝谈心，个别谈话，我承认了自己的错误，华老师扣了我十分，但还是照顾了我的面子，没有在班上公布我考试作弊的不良行为。

华老师有一次带我去先农坛参加全市中小学生运动会，会前，还带我去一个糕点铺吃了一碗油茶、一块点心，这是我平生第一次下馆子。这种在糕点铺吃油茶的经验，我借用了写到《青春万岁》里苏君和杨蔷云身上。

运动会开完，天黑了，挤有轨电车时，我与华老师失散了，

静是人生
必备的
定力

真挤呀，挤得我脚不沾地。结果，我上错了车，我家本来在西四牌楼附近，我却坐了去东四牌楼的车。到了东四，我仍然下不来车，一直坐到了北新桥终点站……后来我还是找回了家，从此，我反而与华老师更亲了。

那时候的小学，每逢升级级任老师就要换的，因此，1942年以后，华老师就不再教我们了。此后也有许多好老师，但没有一个像华老师那样细致地教育过我。

1945年抗日战争胜利以后，国民党政府在北平号召一部分教师去台湾任教以推广"普通话"，华老师自愿报名去了，据说从此她一直在台北。

日前我得知北京师大附小的特级教师关敏卿是当年北师附小的"唱游"教师，教过我的。我去看望了关老师，与关老师谈了很多华老师的事。关老师在北师时便与华老师同学。后来，关老师还找出了华老师的照片寄给我。

华老师，您能得知我这篇文章的一点信息吗？您现在可好？您还记得我的第一次造句（这是我的"写作"的开始呀）吗？您还记得我的两次犯错误吗？还有我们一起喝油茶的那个铺子，那是在前门、珠市口一带吧？对不对？我真想念您，真想见一见您啊！

我和图书馆

从小我就喜欢读书，与图书馆的感情是通过书建立起来的。

在我10岁前后，我家住在北京西城的小绒线胡同，旁边的太安侯胡同里有个民众教育馆，教育馆里的图书室很小，但对我却是个吸引力很大的地方。一有空，我就去那儿看书，一去就坐到闭馆时分。大概常去看书的人中我年龄最小、个头儿最矮，而且又常是最后一个离馆吧，管理员对我非常熟悉。到了冬天，天黑得很早，炉火快灭时，哈口气便凝成了雾，手都冻僵了。管理员见我还在看，就总是和气地催促我说："小孩儿，该回家啦！"

因为那个图书馆的图书不外借，所以有许多书我是坐在馆里读完的。最初吸引我的是一批武侠小说，《小五义》《大宋八义》《七剑十三侠》等。我还借阅过《少林十二式》《八段锦》《太极拳式图解》等讲练功的书，也照书练了一阵子，但收效甚微。渐渐的，冰心、沈从文、丁玲的书引起了我的阅读兴趣，我越来越热爱文学了。

上初中了，我开始去北海旁的北京图书馆看书。最初，因为我个子矮，不像中学生，进门常受到阻拦。初二时戴上了眼镜，显得"老成"了，就不再受阻了。那段时间印象最深的，是等书时的焦急，查卡片倒是很快，交上去后，就坐在规定的位子上等。有时要等四十分钟甚至更久，才有人将书从库中调出送来。如果等了半天，听见的回答却是："这两本书已经外借了！"心情的沮丧是可想而知的。就靠在这宫殿式的图书馆里借书读，我读了鲁迅的一批杂文，读了巴金、许地山、朱自清、刘大白以及胡适的一些作品，读完了《士敏土》《铁流》和一批世界文学名著。在北图借阅的这段读书生活，对我一生的道路有着怎样的影响，在当时连自己也未曾想到。

惭愧的是，工作以后我不再是图书馆的常客了。当然，我还常常从作协、文化部的资料室外借书籍。1987年我在文化部任职的时候，主持了北京图书馆新址的施工验收与开馆事务，这使我十分高兴。

能不能在图书馆把屁股坐稳，是一个人治学做文的心态是否良好的重要标志。忙于蝇营狗苟、陷于是是非非、乐于咋咋呼呼、迷于拉拉打打的人是坐不住的，他们的屁股眼里老是像插着草，这是很值得同情和怜惜的。但仅仅是这样也就罢了，问题是他们看到别人在图书馆用功居然会生气，他们总是要无事生非，横生枝节，不把旁人也搅得读不成书他们就不肯罢休。对这些图书馆的克星，该怎么办才好呢？

最高的诗是数学

这就是说，重视学习、善于学习的人，不仅善读书，更要善于在生活实践中汲取了悟，既学到书本知识，又学到另类知识，既学到身外之学，又学到身同之学。

那么怎样才能不断地从实践中获得知识和灵感，从实践和实际中学习呢？

首先你得爱学习。世上可有各种不学习的理论，其中被蠢人讲得最多的是学了没用，我学它干什么？有一位朋友，为人很纯朴，到了美国，人家组织他参加英语学习班，他便问东道主："你们明年是否还准备邀请我来？"得到否定的答复，于是认定学英语对他没有意义，便放弃了学习。悲夫！这种急功近利、鼠目寸光、狭隘偏执的态度还能学到什么东西吗？还能有多大出息吗？其实各种学问都是有联系的，语言与逻辑、与心理学、与人文地理自然地理、与历史、与政治、与文艺、与人类学、与哲学，这种语言和那种语言，自然科学与人文科学与社会科学，都有许多相连通相影响相交流的渠道，甚至退一万步，哪怕只是为了训练思维、增长知识、满足求知欲与好奇心，也要活到老学到老。回想童年时代花的时间一大部分用在做数学题上，这些数学知识此后直接用到的很少，但是数学的学习对于我的思维的训练却是极其有益的。时隔半个多世纪了，有时看到上中学的孙子有数学题做不上来，我仍然喜欢拿到一边去做，与我上数学课的时间已经相隔半个多世纪了，多数情况下我仍能做出来，并从中得到极大的快乐。

我相信，学问从根本上说是相通的，真理有自己的统一的品格，世界的统一性既表现为物质的统一性——例如月球上的物质与地球上的物质是统一的——又表现为事体情理上的统一性。我们当中没有什么人有可能生活在类似"大观园"和"荣国府"的环境，但是《红楼梦》里的聚散沉浮、兴衰荣辱、亲疏远近、善恶真伪的事体情理对于我们仍然是亲近可触，振聋发聩，感同身受。再如我们说一个人讲道理，既是为人的特点也是做学问的要求，而不讲道理，既是人格的缺陷又是学问的不足为凭的标志。所以说美德也是统一的，例如实事求是，诚信待人，生气勃勃，宽容耐心，对于差不多所有人来说都是必要的，对于所有的行业也都是必要的，对于所有专业修习来说也是必要的。任何一方面的学习，既有实用的意义，又有从根本上提高智力提升境界的作用，所有的学问当中都包含着一种追求真理、献身人群、正大光明、有所不为的品格，都包含着普遍适用的道理。自古以来，我们的哲人就思索着寻觅着描写着也想象着论证着这样一个无所不包、无所不能、普遍适用的大道，或称之为道，或称之为仁，或称之为理，或称之为绝对理念。也许这种对于道的描写主要还只是一种直觉，还谈不上逻辑充分的论证，更谈不上实证，然而这正如对于光明与幸福的向往一样，是人类与生俱来的理性的诉求。

几年前有一位福建的文学评论家说过一句惊人之语，他说："最高的诗是数学。"很多人觉得言之莫名其妙。我却相信他说得极妙，我可以感觉他的论述，却无法充分解释它。我感觉，最高的数学和最高的诗一样，都充满了想象，充满了智慧，充满了创造，充满了章法，充满了和谐也充满了挑战。诗和数学又都充满灵感，充满激情，充满人类的精神力量。那些从诗中体验到数学的诗人是好诗人，那些从数学中体会到诗意的人是好数学家。所有的学问都是一种智慧，更是一种境界；是一种头脑，更是一种心胸；是一种本领，更是一种态度；是一种职业，更是一种使命；是一种日积月累，更是一种人性的升华。让自己的灵魂震响起学习与学问的交响乐的人是幸福的、高尚的与有价值的；而让自己的人生震响起探索性实践的交响乐的，才能学得通，学得明白，学得鲜活，叫作不但读书，而且明理。而把学问学死学呆，实在是不可饶恕的罪过。

静是人生
必备的
定力

读书一法

有一个脾性或有点刁钻的朋友，向我介绍了读文读书的一种反读法。

他说如果一个人的文章油滑，嬉笑怒骂，玩世不恭，你不要以为他真的什么都不在乎，一个什么都不在乎的人不会趴在桌上吭哧吭哧写文章。其实也许他不在乎的是旁人的事、大家的事，在乎的是自己的利益。

如果一个人的文章里充满振聋发聩的新论断、根本性大论断，使你甚至觉得你与他不是一个星球上的人，使你觉得他一下子把大伙全给"震"啦，那你得考虑考虑，老（或小）人家他：一、是不是道听途说，现趸现卖？二、是不是望文生义，郢书燕说？三、是不是闭目玄思，一厢情愿？四、是不是循环论证，阉割事实？五、是不是真才实学已经用完或压根儿就没有，所以不停地求新求时，哗众取宠？也就是说，是不是大言欺世？几十年来的文风里的一个重要问题，就是好大喜异，装腔作势，借以吓人。

如果一个人的文字里愤世嫉俗得过了头，仇恨得过了头，无非说明他对俗是有所望乃至有所求的，否则，没有刻骨的欲望，哪儿来的切齿的烦恼怨仇？

如果文章里只剩下了谩骂，或只剩下了自我吹嘘自我广告自我表功，只剩下了牢骚怨言，那么，他已经江郎才尽，处境凄凉，不耐寂寞，渐渐找不着感觉了。

如果一个人的文章狂怒狂悲，俨然一头斗牛场上受了伤的牛，那么：一、他可能是自视太高，因而对受众大失所望。二、他可能急于得满分，得了七八十分了仍然激愤无地。在目前这种选择的空间不断扩大的局面下，其实能得五十分——就是说毁誉参半，已经不错了。三、他可能略有偏执，即只能接受欢呼，不能承受冷淡，更不要说一时的不理解了。其实真正有价值有思想见识的作品，往往要有一个被人们认识接受的过程。遇到这种过程性的反映就痛不欲生，说明自己缺少分量。四、他还太天真烂漫，始终生活在梦里，没有任何的现实感。

如果一个人文章里老是出现一些人五人六的名字，动不动"我的朋友胡适之"状，甚至攀扯上一些贵人以壮门面，那么，他是太心虚，也太缺少自信了。

如果一个人号称纪实文学、报告文学、自白、实录的作品里不断地出现一些妙笔生花的戏剧性场面，这些场面不断重复、大同小异、一会儿一个样，或者带一些自吹自擂，那它肯定是最不实的文学，是作家的伟大杜撰，是信口开河的"侃"，总之，你可以读它，但不要信它。

如果在议论性的文章中带有那么多装不下的情绪，写得那样意气用事，动不动气呼呼、酸溜溜、恶狠狠的，他大概比较浅薄、幼稚而又急于浮出水面。

如果文章中不断地旁征博引，东一榔头西一棒槌，你明明知道他除了中文别的文字啥也不懂，但他张口闭口都是汉字音译或港台国语新名词，有的说法离奇而不尽情理，有的引用得十分符合需要，有的有明显的硬伤——违反了那么普通的常识，而所有的这些引证都不注明出处。那么，很可能，这些引证是假的。假冒伪劣的风气已经进入文章，文章中会有假典故、假洋人、假谚语、假外国格言、假方言俚语、假大师语录、假幽默、假历史、假经典、假日记、假书信、假统计数字、假答记者问等，不可不察，不可被气势唬住。

如果不断地在文章中充老大，指手画脚嘟嘟囔囔，横挑鼻子竖挑眼，而自己拿不出正面的论点甚至创造不出新鲜的话题，而只是说旁人都不对……这其实是十分底虚了。

还有，一个人动不动宣布旁人过时，无非是说明他自己的入时与趋时；宣布旁人丢了选票，则反映了自己的政客心态；抓住点儿枝节问题就不依不饶，说明的是自己缺少在实质层面进行讨论的准备；吹自己是英雄，那他就绝对不是，因为没有一个真正的英雄会是自封的；动辄强调"文人立场"，说明的是一种狭隘乃至利益集团意识；把孤独、寂寞、痛苦……挂在嘴头，说不定是向大众或圈子撒娇求宠。

我对这位朋友说，您说的固然有一定依据，但是您的这种"疑今"的态度过分消极，诛心的逻辑也有失厚道，弄不好会使您自己把自己封闭起来，取消了进一步开拓前进的余地。因此，我建议，您还要补充一点正面的读书方法，也许应该以正读法为主。

比如说您看到特别令您吃惊的论点、判断的时候，您应该相

静是人生
必备的
定力

信，他极少可能是别有用心地颠倒黑白，您应该对文章采取"无罪推断"的态度。您也不要认为那作者大脑构造与您根本不同，而多半是他另有依据，另有信息来源和经验，另有他自己的独特角度。您最不能接受的东西，说不定也正是您最需要知道需要补充，至少是需要认真思考的东西。

您看到激情洋溢的文章，您应该把它当作一篇华美的散文来看，科学性差一点的文章说不定是充满诗意和幻想的浪漫文字；不够客观的描述说不定流露着作者的更多的真情实感。要求什么都那么全面，什么都健康，个个明哲得参透万象，也就没了文学，没了精神世界的搏斗和发展了。世界上的文字并非都是为了操作的，如果一切文字都要操作出个结果来，那是灾难！

您读到一篇玩世不恭的文字，说不定他撕下的是假面和皇帝的新衣。

您读到一篇乱编的所谓纪实文学，固然这种手段不足取，但您就干脆拿它当虚构文字看，不也可能得到某些启发么？

您读到一篇装腔作势的文章，那么，不去计较他的身段，而去看看他到底是否说了一点有用的话，不是更好吗？何况，您也要考虑他的人文环境与他或许考虑到了的阅读心理、接受美学。

......

　　我的朋友说，您说的貌似有理，但是第一，您缺乏明确的立场，散发着一种陈腐的气味。第二，您有些故意抬杠。第三，您自己能做到对一切心平气和吗？您不是有时候也发表尖酸刻薄的议论吗？您不也是喜别人认同、喜好话而不喜被责备被误解吗？您自己做不到的事，却要我做，那么，您是不是有一点点伪善呢？

　　我火了。我说，您就是那个自己没有什么成就而专门挑人毛病的人，您的这些议论，看来也只能与您讽刺挖苦的那些文字是一丘之貉。您有这个时间自己多写一点建设性的文字好不好？我好在还出了那么多小说之类的，您呢您呢您呢？

　　我们俩都生气了。但是一会儿也就过去了。我从不要求朋友什么都和我一致，有个人跟你捅捅刺刺，有好处。我这个朋友虽然刻薄但还算皮实，自我感觉至少暂时尚没有太伟大起来，也就没有记我的仇。

　　我决定，本周末请他去上海小吃店吃小笼包子、拌马兰头和炸臭豆腐。

静是人生
必备的
定力

梅花朵朵绕梁来

在我童年的时候，从家里的破"话匣子"中听到的最多的就是曲艺节目，特别是其中的梅花大鼓，给我留下了难以磨灭的印象。"这个林黛玉，隆哩格格"，百转千回的曲调似乎已经渗入了我的细胞，带着伤感，带着无奈，又带着一代代传下来的痴情故事，与我的生命同存在同长大。

许多年过去了，梅花大鼓已经难以听到。革命歌曲、老解放区歌曲、苏联歌曲、亚非拉歌曲、语录歌曲、革命现代京剧、各种地方戏、美国乡村歌曲、东南西北风等等，一样调门又一样调门像潮水涌过来又涌过去了。而我与梅花大鼓阔别着，再无缘亲近一番了么？偶一思之，不免怅然。

20世纪50年代我曾有过花四宝的梅花大鼓老唱片，唱片在"文革"中丢失了。前几年我曾托一位在广播电台工作的朋友帮我录梅花大鼓的段子，谁知她拿来的是京韵大鼓——当然，我也爱听京韵。

上个月到天津出席中国北方曲艺学校建校十周年纪念晚会的时候，听到毕业生王哲演唱的梅花大鼓《黛玉葬花》《探晴雯》，宛如故友重逢，分外激动。半个多世纪前的往事，全都唤醒了。真正的中国人的情，叫作情义、情意、情分的，都在大鼓中传达出来了。歌曲云云，不免嫌新派了些，它更擅长反映学生、城里人尤其是文化人的情趣；戏曲云云，又太用力了，唱起来消愁则可，能心心相通者有限。只有曲艺，是咱们中国人的心声，老百姓的心声，它道尽了中国人的悠悠历史，阅尽沧桑，沉重艰难，重情重义，如怨如诉，百折不挠，有血有泪。尤其是梅花大鼓的曲折曲调，抒情性极强，它每每把你的心提起来，把你的魂勾出来，推过来搡过去，摩过来揉过去，抽成丝纺成线，织成锦缎梳成云霞。它生发出来的是柔情万种，泪眼迷离，微笑叹息，跌足击掌，依依恋恋，难分难舍。最后，让你升了一回天，入了一回地，哭了一场，笑了一场，憋闷了一回，又畅快了一回；再把你的心你的灵魂缓缓地平展回你的胸腔里。加上年轻的王哲演唱得声情并茂，唱做俱佳。她的声音处理在不离原味的同时也颇有创新。她的声带条件极好，听起来实令人感慨万端，唏嘘不已。她唱的林黛玉的葬花词令人肝肠寸断。

古人形容听乐曰"余音绕梁，三日不绝"。我听王哲的鼓书，岂止三日，十几天过去了，一想起来，仍有那曲折婉转的梅花大鼓唱腔在我的心里盘旋，自己也每每哼哼唧唧，自思自叹，不能自已。王哲的演唱还使我相信，童年并不会永无痕迹，时光并不能冲掉一切，世上固有众多美好的事物一去便不复返，但也还有你珍重的一些记忆保存在那里，任凭年华老去，真情真曲真味是永存的，是可以传承的，永远永远。

收到同样效果的还有张楷演唱的河南坠子《宝玉探病》与《别紫鹃》。与梅花大鼓比较，坠子更通俗更质朴更袒露胸臆，抒情中似有几分幽默。张楷唱得也好，有情趣，有结构，有层次变化，错落有致。

四个段子的取材都来自《红楼梦》，这也引人思索。《红楼梦》戏剧性不太强，所以入戏的故事远远不如《水浒》《三国演义》《西游记》多。但是《红楼梦》的抒情成分重，适合曲艺特别是梅花与坠子表演。爱红楼者爱抒情者能不爱曲艺乎？

最后，希望有更多的鼓书、坠子演出，希望广播电台多播送一些这类节目，希望我们的民族情、人民情、民间情有所抒发，有所升华，有所丰富，也有所寄托——一个不珍重抒情的民族是可悲的。

并祝所有的青年曲艺演员前途远大，祝曲艺事业大弘扬大发展。